시점의 힘

시점의 힘

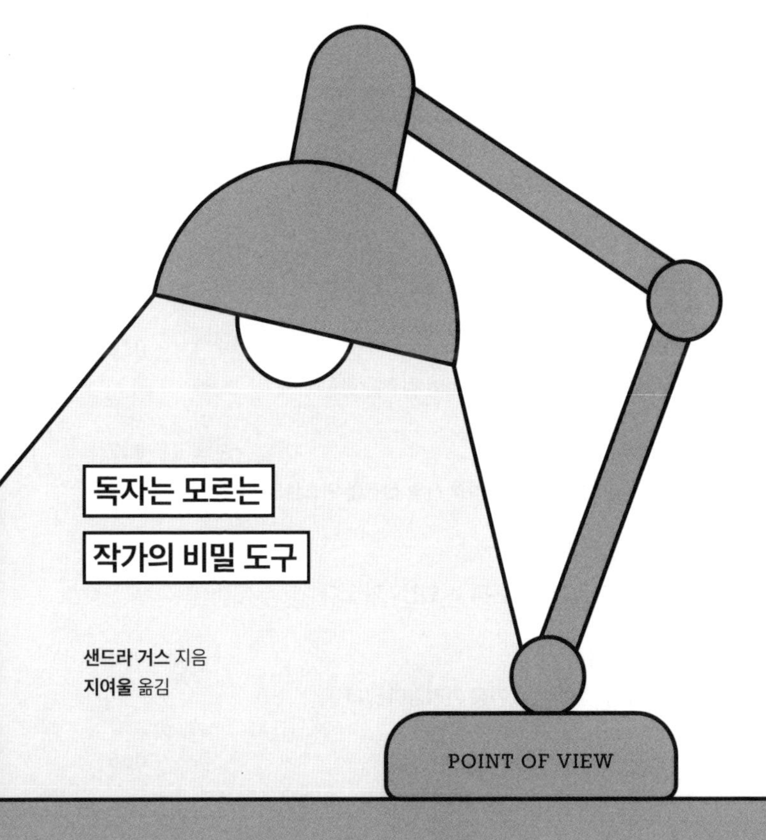

독자는 모르는

작가의 비밀 도구

샌드라 거스 지음

지여울 옮김

내 글이 작품이 되는 법

윌북

차례

2부 응용: 함정을 피하고 내 작품의 시점 찾기

서문

모든 면에 영향을 끼치는 가장 강력한 도구

시점은 작가가 글을 쓸 때 사용하는 도구 중 가장 강력하면서도, 제대로 터득하고 통달하기가 가장 어려운 도구이기도 하다.

선임 편집자로서 신인 작가들이 출판사로 보내오는 원고를 읽다보면 매일같이 시점 위반 사례를 발견한다. 경험이 많은 작가라 해도 예외는 아니다. 우리 출판사에서는 이런 원고를 대부분 거절한다. 시점은 소설의 모든 측면에 너무 큰 영향을 끼치며, 시점에 대한 근본적인 실수들을 고치려면 지나치게 오랜 시간이 걸리기 때문이다.

우리 출판사가 출간을 결정하는 원고들은 시점을 어떻게 다루는지 명확하게 알고 있는 작가의 작품일 때가 많다. 시점을 다루는 기술을 제대로 갖춘 작가는 독자가 주인공에게 공감하게 만들고, 독자를 이야기 안에 몰입시키고, 첫 페이지를 펴는 순간부터 마지막 책을 덮는 순간까지 독자의 마음을 사로잡을 수 있다. 이 책은 바로 그런 작가가 되고 싶은 여러분을 위한 책이다.

이제 막 첫 소설을 쓰기 시작한 신인 작가든, 이미 몇 권의 책을 출간한 경험 많은 작가든 이 책을 통해 다음과 같은 일을 할 수 있을 것이다.

- 시점이 무엇인지, 왜 중요한지 이해한다.
- 시점의 여러 유형을 이해하고 유형별 장점과 단점을 파악한다.
- 자신의 소설에 가장 잘 어울리는 시점을 선택한다.
- 다중 시점의 소설을 쓴다. 독자를 혼란스럽게 하지 않으면서 시점을 전환한다.
- 머리 넘나들기head-hopping를 비롯하여 이야기의 몰입을 방해하는 여러 가지 시점 위반을 피한다.
- 독자를 소설에 몰입시키는 깊고 친밀한 시점으로 소설을 쓴다.
- 시점 인물의 모습을 묘사하는 방법 같은, 시점 때문에 생기는 난제의 해결책을 찾는다.

- 내적 독백을 통해 독자를 인물의 마음 깊은 곳으로 데려간다.
- 시점 기술들을 활용하여 이야기에 서스펜스와 긴장감을 불러 일으킨다.
- 인물의 눈을 통해 독자가 소설 속 사건을 직접 경험하게 만들어 이야기 안에 감정적으로 깊이 빠져들게 한다.

| 이 책을 가장 잘 활용하는 방법 |

모든 장의 말미에는 시점에 대한 여러분 자신의 생각과 경험을 되짚어보고 시점 기술을 향상시키는 데 도움이 될 만한 연습 과제를 수록했다. 대부분의 과제에서 자신의 원고를 가지고 연습하게 될 것이다. 지금 쓰고 있는 작품도 좋고 예전에 썼던 작품도 좋다. 아직 소설 쓰기를 시작하지 않은 이들을 위해서는 자신의 소설에 가장 잘 어울리는 시점을 찾는 데 도움이 되는 연습 과제를 준비했다.

노트와 펜을 준비하라. 그리고 책을 읽어나가는 동안 각 장이 끝날 때마다 책을 덮고 연습 과제를 수행하라. 이 책을 다 읽을 무렵에는 변화를 느낄 것이다. 아직 소설 쓰기를 시작하지 않은 사람이라면 자신의 이야기에 가장 잘 어울리는 시점이 무엇인지 알게 될 것이며, 이미 초고를 완성한 사람이라면 시점을 위반한 곳을 찾아 고쳐 쓸 수 있게 될 것이다.

덧붙이자면 이 책 전체에 걸쳐 소개한 예시 중 일부는 내가 '재Jae'라는 필명으로 쓴 소설에서 발췌한 문장들이다(jae-fiction.com에서 볼 수 있다). 내 소설을 사용한 이유는 다른 작가들의 저작권을 침해하지 않기 위한, 순전히 법률적인 이유에서다. 또한 몇몇 예시는 내가 편집했던 원고에서 빌린 것으로, 무고한 이들에게 피해를 주지 않기 위해 내가 다시 고쳐 썼다.

행복하게 읽고, 행복하게 쓰길 바란다!

샌드라 거스

1부

기본

유형별 시점 분석하기

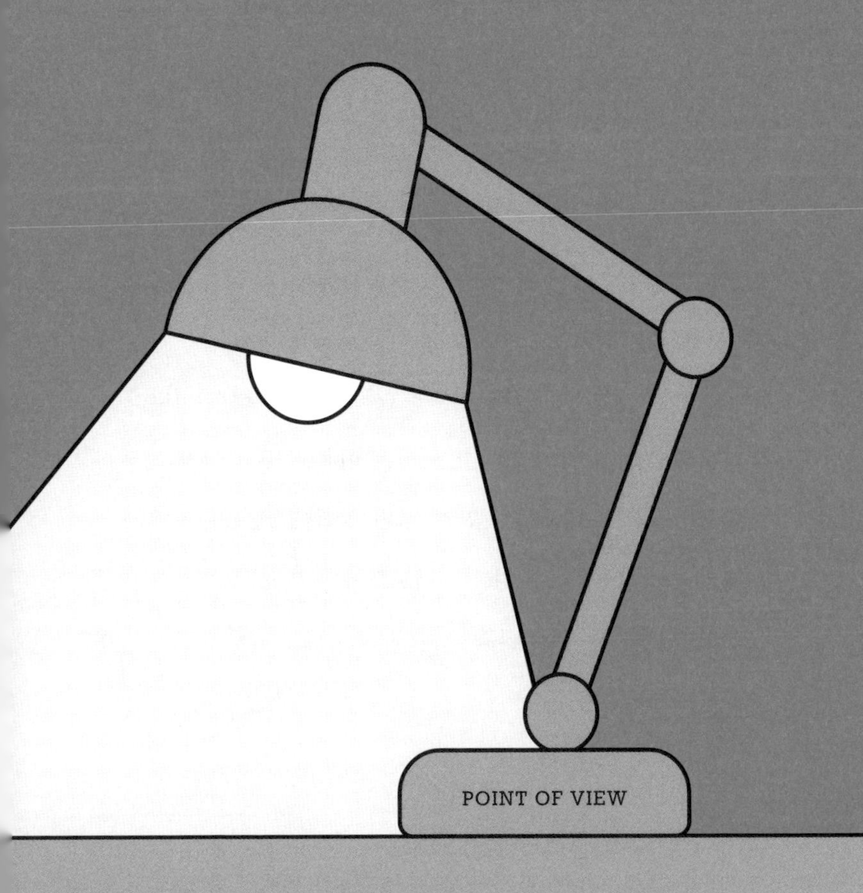

1장
시점의 정의와 중요성

왜 영화보다 원작 소설이 더 좋은가

책으로 읽었던 소설이 영화화되어 다시 본 적이 있는가? 그런 적이 있다면 어느 쪽이 더 마음에 들었는가? 원작 소설인가, 영화인가?

대다수는 영화보다 원작 소설을 더 좋아한다. 나도 그렇다. 영화보다 소설이 더 좋았다고 느끼는 이유는 바로 시점 때문이다. 이 부분에 대해서는 잠시 뒤에 살펴보기로 하고, 우선 시점이 무엇인지부터 정의를 내려보도록 하자.

| 시점의 정의 |

시점은 소설 전체, 혹은 소설의 일부를 이야기하는 화자의 관점이다. 독자는 바로 이 시점이라는 렌즈를 통해 소설에서 일어나는 사건들을 지켜본다. 덕분에 대다수가 영화보다 원작 소설을 더 좋다고 여기는 것이다. 그 이유를 좀 더 자세히 들여다보자.

책을 읽는 경험은 영화나 TV 드라마 같은 다른 이야기 전달 매체보다 훨씬 더 친밀하게 느껴진다. 책에는 시점이 존재하기 때문이다. 단편이든 장편이든 소설을 읽을 때 독자는 그저 외적으로 드러나는 활동을 지켜보고 대화를 듣는 데 그치지 않는다. 독자는 등장인물의 내면 깊숙이 들어가 인물의 눈을 통해 사건들을 경험하고 인물의 감정을 공유한다. 이야기가 펼쳐지는 모습을 그저 지켜보는 것이 아니라 이야기의 주인공이 되어 그 삶을 직접적으로 경험하는 것이다. 그렇기 때문에 우리는 영화를 볼 때보다 독자로서 책을 읽을 때 감정적으로 훨씬 깊이 몰입할 수밖에 없다.

| 시점이 소설에서 중요한 역할을 하는 이유 |

시점을 그저 글쓰기 기술 중 하나 정도로 치부할 수는 없다.

시점은 뛰어난 소설을 쓰기 위한 기초이자, 소설의 여러 핵심 요소에서 발생하는 문제점들을 피할 수 있게 해주는 토대 역할을 한다.

- 시점을 통해 독자가 어떻게 인물을 보게 될지, 인물들을 얼마나 친숙하게 생각할지, 어느 인물과 자신을 동일시할지 결정된다.
- 시점을 통해 이야기 속 사건에 대한 정보를 독자에게 얼마나 알려줄지 조절할 수 있으며 그 결과 긴장감과 서스펜스를 불러일으킬 수 있다. 독자는 시점 인물과 더불어 다음에 무슨 일이 벌어질지 궁금해하며 계속해서 책장을 넘기게 된다.
- 친밀한 시점을 채택하면 말하는 대신 보여주기가 수월해진다. 말하지 않고 보여준다는 것은 이야기를 간접적으로 보고하듯 전달하는 대신 묘사를 통해 이야기에 생동감을 불어넣는다는 뜻이다. 보여주기와 말하기에 대해 좀 더 알고 싶다면 '내 글이 작품이 되는 법' 시리즈의 다른 책, 『묘사의 힘』을 찾아보라.

이제 시점을 제대로 이해하는 일이 얼마나 중요한지 알았을 것이다. 하지만 비단 신인 작가뿐 아니라 수많은 기성 작가들도 여전히 시점을 제대로 다루지 못해 고생한다.

독자는 어차피 시점이 무엇인지 모를 텐데 무슨 상관이냐고 생각할지도 모른다. 하지만 독자는 시점 문제가 일으키는 '결과'를 알아챌 수 있다. 물론 대부분의 경우 그것이 시점 문제 탓이라고 정확히 짚어 말하지는 못할 테지만 그 대신 주인공에게 마음이 안 간다거나, 이야기 안에 몰입하기가 어렵다고 말할 것이다.

연습 #1

❶ 소장하고 있는 영화 목록을 살펴보자. 혹은 이미 읽은 소설 중에 영화로 만들어진 작품이 있는지 생각해보자.

❷ 영화보다 원작 소설이 더 마음에 든 경우가 있는가? 그런 경우 영화에서 부족한 점은 무엇인가? 무엇 때문에 영화보다 책이 더 재미있게 느껴졌는가?

❸ 반대로 원작 소설보다 영화가 더 재미있었던 적이 있는가? 그런 경우 그 영화들의 공통점은 무엇인가?

❹ 원작 소설보다 더 재미있다고 생각하는 영화와 원작 소설보다 재미가 못하다고 생각하는 영화들은 서로 어떻게 다른가? 달리 말하자면 어떤 종류의 소설이 영화로 만들었을 때 효과적이며, 어떤 종류의 소설이 그렇지 않은가? 예를 들어 영화로 만들었을 때 더 효과적인 특정 장르나 특정한 유형의 주인공 또는 플롯이 있는가? 여기에서 시점과의 연결고리를 발견할 수 있는가?

2장

시점의 유형

화자의 정의와 가장 일반적인 일곱 가지 시점

아마도 알고 있겠지만 시점에는 한 가지 유형만 있는 것이 아니다. 시점에는 여러 유형이 있고, 각각의 유형은 다시 하위 유형들로 구분된다. 이 장에서는 시점의 여러 유형에 대해 전반적으로 살펴보고, 다음 장들에서 각각의 시점 유형을 하나씩 좀 더 자세히 들여다보도록 하겠다.

| 화자의 정의 |

각기 다른 시점 유형들의 차이를 이해하기 위해서는 우선 '화자narrator'라는 문학 용어를 정의 내릴 필요가 있다.

화자란 이야기를 풀어놓는 사람 혹은 그 사람의 목소리를 말한다. 화자는 소설 속의 등장인물일 수도 있고, 이야기에는 등장하지 않으면서 인물들을 관찰하고 독자에게 소설 속 사건에 대해 전해주는 보이지 않는 존재일 수도 있다. 화자가 이야기 또는 인물과 어떤 관계를 맺는지는 각각의 시점 유형에 따라 달라진다.

| 시점의 유형 |

대부분의 소설은 1인칭 시점이거나 3인칭 시점이다. 이 용어는 이야기를 할 때 사용하는 인칭 대명사에서 유래한다. 1인칭 시점은 '나'라는 대명사를 사용하고 3인칭 시점은 '그' 혹은 '그녀'라는 대명사를 사용한다. 3인칭 시점은 다시 몇 가지의 하위 유형으로 나뉜다.

먼저 가장 일반적으로 사용하는 시점 유형들을 간략하게 정의해보자. 그런 다음 이어지는 장들에서 각각의 시점 유형을 한층 깊이 살펴볼 것이다. 이 장들에서는 이해를 돕기 위한 예시와 함께 각 시점 유형의 차이점과 장점, 단점을 자세히 알아볼 것이다.

- **1인칭 시점**: 화자는 소설의 등장인물 중 한 명이다. 독자는 이 인물의 느낌과 생각만을 접할 수 있다.
- **2인칭 시점**: 화자는 외부의 관찰자다. '너'라는 대명사를 이용하여 독자에게 주인공의 역할을 맡기며 이야기를 풀어나간다. 이 시점에서는 오직 이 화자의 생각과 감정만이 드러난다.
- **3인칭 전지적 시점**(전지적 시점이라고도 한다): 화자는 소설의 등장인물이 아니며, 모든 것을 알고 있고 종종 독단적 성향을 보이는 존재다. 이 시점에서 화자는 모든 인물의 마음속을 들여다볼 수 있다.
- **3인칭 제한적 시점**: 화자는 소설의 등장인물이 아닌 중립적 관찰자다. 화자는 오직 한 인물의 머릿속만을 들여다볼 수 있으며 오직 이 인물이 생각하고 느끼는 것만을 독자에게 말해줄 수 있다.
- **3인칭 깊은 시점**: 1인칭 시점과 마찬가지로 화자는 소설 속 등장인물 중 한 명이다. 3인칭 제한적 시점과 마찬가지로 독자는 오직 한 인물이 생각하고 느끼는 것만을 접할 수 있다.
- **3인칭 다중 시점**: 이 시점은 3인칭 제한적 시점이 변형된 유형이지만 3인칭 깊은 시점에서도 사용할 수 있다. 화자는 소설 속 등장인물일 수도 있고 중립적인 관찰자일 수도 있다. 화자는 각 장면마다(혹은 각 장마다) 한 인물만의 생각과 느낌

을 들여다볼 수 있다. 작가는 장면이나 장이 바뀔 때 다른 인물로 시점을 전환할 수 있다.

- **3인칭 객관적 시점**(3인칭 관찰자 시점): 화자는 마치 카메라처럼 외부에서 사건을 지켜보는 중립적인 관찰자다. 따라서 소설 속 어떤 인물의 생각이나 느낌도 드러낼 수 없다.

뒤에 이어지는 장에서는 각각의 시점 유형을 하나씩 좀 더 자세하게 살펴볼 것이다. 소설에서 2인칭 시점과 3인칭 객관적 시점이 사용되는 경우가 드물기 때문에 이 두 가지 시점에 대해서는 그리 깊이 다루지 않을 생각이다. 그 대신 이 책을 읽는 여러분이 자신의 작품에 사용할 가능성이 높은 시점에 초점을 맞출 것이다. 우선 1인칭 시점부터 살펴보도록 하자.

연습 #2

지금 읽고 있는 소설을 살펴보자. 지금 읽고 있는 것이 없다면 좋아하는 소설을 떠올려보자. 그 작품에서 저자가 무슨 시점을 선택했는지 파악할 수 있는가? 이때 도움이 될 만한 몇 가지 질문이 있다.

❶ 이야기를 진행하는 데 어떤 대명사가 사용되는가? 1인칭 대명사인가, 2인칭 대명사인가, 3인칭 대명사인가?

❷ 화자가 소설의 등장인물 중 한 명인가, 혹은 외부에서 관찰하는 존재인가?

❸ 독자가 인물 중 한 명 이상의 생각과 감정을 접할 수 있는가?

❹ 소설이 진행됨에 따라 시점이 변화하는가?

3장

1인칭 시점

가장 내면적인 시점 vs 이야기의 범위를 좁힌다

자신의 소설에 가장 잘 어울리는 시점이 무엇인지 판단하기 전에 각기 다른 시점 유형들을 이해할 필요가 있다. 먼저 1인칭 시점부터 살펴보도록 하자.

| 정의 |

1인칭 시점에서는 이야기가 '나', '나의' 같은 1인칭 대명사를 사용하여 진행된다. 화자는 소설 속 등장인물 중 한 명이어야 한다. 대부분 주인공이 화자로서 이야기를 이끌지만 이따금 조연급 인물이 화자로 등장하는 경우도 있다. 아서 코난 도일이 쓴 '셜록 홈스' 시리즈의 왓슨 박사 혹은 F. 스콧 피츠제럴드가 쓴 『위대한 개츠비』의 닉이 그런 인물이다. 이는 1인칭 시점의 하위 유형으로 '1인칭 관찰자 시점'이라고도 불린다.

1인칭 시점으로 쓴 작품 중에 주인공이 나이가 든 후 자신의 인생을 되돌아보며 이야기를 풀어놓는 작품이 많다. 이런 경우에 소설은 과거 시제로 쓰인다.

요즘 들어 청소년 소설 분야에서는 현재 시제로 쓰인 1인칭 시점 소설이 인기를 얻고 있다. 하지만 성인을 대상으로 하는 일반 소설의 표준은 여전히 과거 시제이며, 현재 시제로 쓴 소설을 좋아하지 않는 독자들도 많다. 그러므로 반드시 현재 시제를 사용해야 원하는 이야기를 쓸 수 있다고 생각하는 경우가 아니라면 현재 시제를 피하는 것이 바람직하다.

1인칭 시점 소설의 예로 내가 쓴 단편소설 「푸념과 저녁 식사Whining and Dining」의 일부를 살펴보자.

> 푸념을 쏟아내기 일보 직전의 상태로 가장 친한 친구에게 전화를 걸었다. 신호가 울리고 레미가 전화 받기를 기다리는 동안 나는 전기레인지를 노려보며 그 빌어먹을 파스타 냄비에 지지 않겠다고 다짐했다. 냄비 안의 그 흐늘흐늘한 덩어리를 파스타라고 부를 수 있다면 말이다.

| 목소리 |

1인칭 시점 소설은 대부분 주인공이기 마련인 화자의 목소리로 이야기된다. 그러므로 소설에서 사용하는 어휘와 문법은 작가 자신이 아니라 바로 그 인물에 걸맞은 것이어야 하고 그의 배경, 교육 수준, 성격, 세계관과 어울리는 것이어야 한다.

대화를 쓸 때 모든 인물이 똑같은 말투(작가 자신과 똑같은 말투!)가 되지 않도록 유의해야 한다는 점은 이미 알고 있을 것이다. 1인칭 시점처럼 서술적 거리가 가깝고 친밀한 시점으로 소설을 쓰는 경우에는 화자의 언어에도 같은 원칙이 적용된다. 이야기를 풀어놓는 주체가 작가 자신이 아닌 등장인물이며, 소설에서 사용하는 언어 또한 등장인물의 것이어야 한다는 사실을 명심하라.

자, 그러면 인물이 이야기를 풀어나가는 언어 양식에 영향을 미치는 요인들을 살펴보자.

- **성격**: 화자의 성격은 그 인물이 말을 하고 이야기를 풀어내는 방식에 영향을 미친다. 자신감 넘치는 인물이라면 단정 지어 말하거나 요구하듯 말할 때가 많을 것이다. 소심한 인물이라면 무언가를 제안하거나 질문을 할 때 말꼬리를 흐릴 것이다. 그러므로 화자의 성격을 염두에 두라. 화자는 수다스러운가,

입이 무거운 편인가? 견실한 성격인가, 허세 부리길 좋아하는가? 소심한가, 거만한가? 장황하게 말을 하는가, 단도직입적인가? 다음 두 가지 예를 비교해보자.

예시 1 나는 삭막하기 짝이 없는 베티의 아파트를 둘러보았다. 거실에 색채를 더하고 소파에 쿠션을 몇 개 놓는다면 훨씬 보기 좋을 텐데.

예시 2 나는 베티의 아파트를 둘러보았다. 다소 삭막해 보였다. 색채를 더한다면 조금은 괜찮게 보일까? 어쩌면 소파에 쿠션 몇 개를 놓는다면 더 좋아 보일지도 모르겠다.

첫 번째 예시에서 화자는 자신감이 넘치고 자신의 의견에 의문을 품지 않는다. 두 번째 예시의 화자는 "다소"와 "어쩌면" 같은 수식어를 사용한다. "~지도 모르겠다." 같은 표현을 쓰거나 평서문 대신 의문문을 사용하면 화자가 자신의 의견에 확신하지 못하는 것처럼 보인다.

- **연령**: 세대와 연령 또한 화자가 사용하는 언어에 영향을 미친다. 10대가 주인공인 소설을 쓰고 있다면 화자가 어른 같은 말투를 쓰지 않도록 주의해야 한다.

예시 1 나는 열다섯 살로 산다는 것의 진가를 깨닫는 데 실패했다. 추측건대 몇 년은 지나야 그 매력을 이해할 수 있으리라.

예시 2 열다섯 살로 사느라 힘들어 죽겠다. 왜 다들 그때가 좋다며 난리를 치는지 알려면 몇 년은 더 있어야 될 거다.

하지만 첫 번째 예시의 화자처럼 이야기하는 10대 청소년이 있을 수도 있다. 연령이 언어 양식에 영향을 미치는 유일한 요소는 아니라는 사실을 명심하라.

- **성별**: 성별에 따라서도 말하는 방식에 차이가 생긴다. 남자는 단도직입적으로 말을 하는 경우가 많고, 여자는 똑같은 이야기에도 좀 더 많은 단어를 사용한다. 여자는 '나' 혹은 '우리' 같은 인칭 대명사를 좀 더 많이 사용하고, 정도를 표현하기 위해 이를테면 '정말 비싼', '다소 수줍은' 같은 수식어를 자주 덧붙이며, 한층 더 세부적으로 묘사하는 경향이 있다. 반면 남자는 숫자를 자주 사용하고 형용사를 많이 쓰지 않는다. 물론 이런 경향은 일반화된 원칙에 불과하다. 하지만 자신과 다른 성별의 시점에서 글을 쓸 때는 항상 성별의 차이를 염두에 두어야 한다.
- **종교**: 화자가 독실한 신자라면 욕설을 입 밖에 내지 않을지도

모른다. 이슬람교도일 경우에는 감탄사가 달라질 수도 있다.

- **지리적, 문화적 바탕**: 어느 지역에서 나고 자랐는지도 말하는 방식에 영향을 미친다. 미국의 경우 캘리포니아주에서 자란 사람은 탄산음료를 '소다'라고 부르는 것에 익숙한 한편 일리노이주 출신들은 대부분 '팝'이라고 말할 것이다. '소다'와 '팝' 용어를 둘러싼 논쟁이 벌어지는 웹사이트도 있다(www.popvssoda.com). 주인공이 영국인이라면 '스웨터' 대신 '점퍼'라는 단어를, '스니커즈' 대신 '트레이너'라는 단어를 사용할 것이다. 독자에게 인물의 출신 지역을 환기시킬 수 있는 지역 특유의 표현을 충분히 사용하라. 하지만 지나치지 않도록 주의해야 한다. 예를 들어 주인공이 특정 지역을 떠오르게 하는 표현을 말끝마다 붙이는 전형적인 인물로 보이게 만들고 싶지는 않을 것이다. 너무 지나치지 않은지 확인하는 좋은 방법은 모니터링해줄 만한 사람들에게 물어보는 것이다.
- **교육 수준**: 교육 수준이 높은 사람은 대개 좀 더 긴 문장과 어려운 단어를 사용하며 문법에 맞게 말한다. 반면 교육을 받지 못한 사람은 짧은 문장과 단순한 단어를 사용하며 이따금 문법에 어긋나게 말할 때도 있다. 하지만 이것 역시 지나치지 않도록 주의하라. 조심하지 않으면 화자를 전형적 인물의 틀 안에 가둘 수도 있다.

예시 1 손이 엄청 아프다. 어쩌면 꼬매야 할 거 같다.

예시 2 손이 몹시 아프다. 어쩌면 꿰맬 필요가 있을지도 모른다.

- **직업**: 어떤 인물은 대화나 서술에서 직업적인 전문 용어나 직업적 비유를 사용할 수도 있다. 예를 들어 내가 쓴 소설 『심장의 문제Heart Trouble』의 주인공 호프는 응급의학과 의사다. 미쳐버릴 듯한 심정을 묘사할 때 호프는 "수술 도구 쟁반에서 메스 하나가 부족한 듯한"이라는 표현을 사용한다.
- **현재의 감정 상태**: 화자가 사용하는 어휘와 문법은 또한 인물이 그 순간 느끼고 있는 감정에도 영향을 받는다. 인물이 지금 두렵거나 화가 나 있다면 문장은 한층 짧아지고 좀 더 힘 있는 동사를 사용하기 마련이다. 어쩌면 문장이 중간에 뚝뚝 끊어질 수도 있다. 화자가 마음이 편안한 상태라면 그 반대의 현상이 나타난다. 문장이 한층 길어지며 묘사가 많아지는 것이다. 다음 두 문단을 비교해보자.

예시 1 통증이 관자놀이를 쿡쿡 쑤셨다. 침대 옆 탁자를 뒤져 진통제 병을 찾아냈다. 젠장, 타이레놀 따위라니. 나는 더 강력한 게 필요했다. 퍼코셋이라든가. 아니면 머리를 쏘

아버릴 총알도 괜찮았다.

예시 2 꽃이 막 피어나는 벚꽃나무에 기대어 앉아 있으려니 풀잎들이 맨발을 간지럽혔다. 가벼운 산들바람에 실려 수선화와 크로커스 향기가 풍겨왔고, 머리 위쪽 나뭇가지에서 소프라노로 신나게 지저귀는 새의 노랫소리가 울려 퍼졌다.

사회적 계급이나 교육 수준, 연령, 성별 또는 위에서 내가 언급한 어떤 항목에서든 작가 자신과 다른 화자를 선택한다면 자료 조사를 통해 화자의 목소리를 올바르게 설정할 필요가 있다. 어딘가에 갈 때면 사람들의 대화를 엿들어보자. 그들이 말하는 방식에 집중하라. 자신이 창작한 화자와 비슷한 유형의 사람들이 운영하는 유튜브 채널 영상을 보거나 블로그 글을 읽어보라. 성별과 연령, 직업 등에서 화자와 같은 집단에 속하는 사람들에게 원고를 읽어달라고 부탁하는 것도 방법이다. 말하는 방식에 위화감이 느껴지는 부분을 전부 짚어달라고 해보자. 나도 『심장의 문제』를 쓸 당시 의학 분야에서 일하는 몇몇 사람들에게 주인공의 대화와 서술이 의사처럼 들리는지 확인해달라고 부탁했다.

| 장점 |

1인칭 시점으로 소설을 쓰면 몇 가지 장점이 있다.

- **많은 신인 작가들이 1인칭 시점을 자연스럽게 느낄 것이다.** 일상에서 우리가 자신에게 일어난 일을 이야기하는 방식이기 때문이다.
- **1인칭 시점은 가장 직접적이고 내면적인 시점이다.** 이 시점에서 독자는 주인공의 모든 생각과 감정을 공유하면서 주인공과 자신을 가장 깊이 동일시하게 된다. 1인칭 시점으로 쓴 청소년 소설이 많은 것이 바로 이 때문이다. 1인칭 시점으로 쓰면 독자는 주인공과 직접적으로 연결된다. 청소년 독자가 청소년 소설을 읽는 것은 이런 종류의 동일시를 찾고 있기 때문이다. 성인 독자가 청소년 소설을 읽는 경우에는 연령층이 다르기 때문에 주인공과 어떤 식으로든 연결점을 찾는 일이 더 중요해진다.
- 신인 작가들은 다른 어떤 시점보다 1인칭 시점으로 쓰고 이 시점을 유지하는 것이 더 쉽다고 생각한다. 오직 하나의 '나'만이 존재하기 때문에 시점 위반이 많이 발생하지 않는다.

| 단점 |

1인칭 시점으로 소설을 쓸 때는 몇 가지 단점이 따른다.

- **1인칭 시점은 이야기의 범위를 좁힌다.** 작가는 오직 시점 인물이 알고, 보고, 듣고, 냄새 맡고, 경험하는 것에 한정하여 글을 써야 한다. 시점 인물이 어떤 사건을 목격하지 않는 경우 그 장면을 쓸 수 없기 때문에 서브플롯을 폭넓게 확장할 수 없다.
- **다른 인물의 생각과 감정을 드러낼 수 없다.** 물론 시점 인물이 다른 인물의 생각이나 감정을 추측하게 만들 수는 있다.
- **시점 인물의 목소리가 얼마나 매력적인지에 모든 것이 달려 있다.** 1인칭 시점 소설의 핵심은 이야기의 처음부터 끝까지 독자의 관심을 사로잡을 수 있을 만큼 충분히 흥미를 자아내는 인물에 있다. 화자가 강렬하고 매력적인 목소리를 가지고 있지 않다면 독자는 단조롭고 지루하게 말하는 사람의 이야기에 몇 시간이나 억지로 귀를 기울여야 하는 셈이다. 인물의 목소리에 매력을 느끼지 못한다면 독자는 책 자체에 싫증을 느끼게 될 것이다.
- **1인칭 시점을 무조건 질색하는 독자들이 있다.** 반면 내가 알기로 3인칭 시점을 거부하는 사람은 아무도 없다. 독자층을

한정 짓고 싶지 않다면 3인칭 제한적 시점 혹은 3인칭 깊은 시점이 안전한 선택이 될 수 있다.

- 독자에게 전달하는 정보를 제한하면서 **서스펜스를 조성하기가 어렵다.** 예를 들어 미스터리 소설에서 살인자가 누구인지 시점 인물이 알고 있다면 독자에게도 역시 이를 알려주어야 한다. 그렇게 하지 않는다면 독자를 속이는 것이 된다. 1인칭 시점의 소설에서 속임수를 쓰지 않고 어떻게 서스펜스를 조성하는지에 대한 훌륭한 본보기로는 존 어빙이 쓴 『오웬 미니를 위한 기도A Prayer for Owen Meany』가 있다.
- 인물에게 무언가 행동을 시키는 대신 가만히 앉아 생각만 하게 해서는 안 된다. **인물의 내면에서 지나치게 오래 시간을 허비하지 않도록 주의해야 한다.** 수동적인 인물은 호감을 사기 어려우며 이야기가 앞으로 나아가는 기세를 꺾는 한편 책의 속도를 늘어지게 만든다.
- **1인칭 시점의 소설에서는 수많은 문장이 '나는'이라는 말로 시작된다.** 이는 단조로워 보이기가 쉽다. 다만 시점 인물이 외부의 사물이나 사람, 사건들에 관심을 집중하게 만든다면 이 문제를 피할 수 있다.
- **작가 자신과 시점 인물이 성별이나 연령, 교육 수준 등에서 다른 부류에 속하기 때문에 인물의 목소리가 자연스럽게 나**

오지 않는 경우, 1인칭 시점으로 글을 쓰는 일은 까다로워진다. 나는 대학을 졸업한 작가들이 노동자 계층 인물의 시점에서 설득력 있게 글을 쓰지 못해 고생하는 모습을 많이 봤다. 내가 『마음 깊은 곳에서 흔들려Shaken tp the Core』에서 그랬던 것처럼 시실리 출신 이민자들이 주인공이거나, 혹은 13세기의 인물들이 등장하는 이야기를 쓰고 있다면 3인칭 제한적 시점을 선택하는 편이 어휘를 고르고 문장을 만들어나가는 일에서 한층 자유로울 수 있다.

- **시점 인물의 외모를 묘사하기가 까다롭다.** 꼭 그럴 만한 명확한 이유가 없는 경우, 오직 허영심이 강한 인물들만이 자신의 외모에 대해 생각하기 마련이다. 9장에서는 이 문제에 대한 해결책을 설명할 것이다.

| 장르 |

1인칭 시점은 주로 다음과 같은 장르에서 찾아볼 수 있다.

- 청소년 소설
- 순수 문학
- 칙릿 소설, 여성 소설

- 유머 소설
- 도시 판타지 소설
- 범죄 소설, 미스터리 소설

  → 이 장르에서 독자는 탐정과 함께 범죄의 단서를 발견하고 사건을 해결한다.

로맨스 소설에서 1인칭 시점은 문제가 될 수 있다. 독자가 오직 한 인물의 감정과 생각만을 들여다보게 되면서 다른 주인공과 자신을 동일시하기가 어려워지기 때문이다. 또한 1인칭 시점은 서사 판타지 장르나 복잡한 플롯의 SF 장르에도 어울리지 않을 것이다.

| 1인칭 시점이 최고의 선택이 될 수 있을까 |

다음의 경우 1인칭 시점이 이야기에 가장 잘 어울리는 시점이 될 수 있다.

- 독자가 주인공과 아주 밀접하게 가까워지기를 바란다.
- 인물의 내적 갈등과 성장에 중점을 둔, 인물 중심의 이야기를 쓰고 있다.

다음의 경우라면 1인칭 시점을 추천하지 않는다.

- 이야기가 아우르는 범위가 넓다. 배경이 되는 장소가 여러 곳이며, 수많은 인물들의 이야기를 몇 년 혹은 몇십 년, 심지어 평생에 걸쳐 풀어낸다.
- 이야기의 핵심적인 장면 중에 시점 인물이 등장하지 않는 장면이 있다.
- 강렬하고 매혹적인 화자의 목소리를 창조하는 데 자신이 없다.

1인칭 시점으로 쓴 작품들

- J. M. 레드먼J. M. Redmann, '미키 나이트Micky Knight' 시리즈
- 짐 버처, '드레스덴 파일즈' 시리즈
- 수잔 콜린스, '헝거 게임' 시리즈
- 세라 드레허Sarah Dreher, '스토너 맥타비쉬The Stoner McTavish' 시리즈
- 재닛 에바노비치, '스테파니 플럼' 시리즈

연습 #3

1인칭 시점으로 소설을 쓸지 고민하고 있는가? 어떤 문제가 있을지 생각해보자. 예를 들어 다른 대륙에서 벌어지는 사건이나 주인공이 직접 목격하지 못하는 장면이 있지는 않은가? 이러한 문제들을 어떻게 해결할 수 있는가?

연습 #4

이 장에서 예시로 소개한 단편소설 장면의 뒤를 이어 1인칭 시점으로 몇 문단 덧붙여 써보자. 레미가 전화를 받게 만든 다음 대화 장면을 쓸 수도 있고, 레미가 전화를 안 받게 한 다음 부글부글 속을 끓이는 내면을 좀 더 묘사할 수도 있다. 어떻게 장면을 이끌어 나가는지와 상관없이 화자의 목소리를 일관되게 유지하는 것이 중요하다.

4장
2인칭 시점

독자를 적극 참여시킨다 vs 독자의 신경을 거스른다

1인칭 시점을 자세히 알아보았으니, 여기에서는 2인칭 시점을 한층 깊이 들여다보도록 하자.

| 정의 |

2인칭 시점 소설에서 화자는 '너'라는 대명사를 사용하며, 이를 통해 독자에게 주인공 역할을 맡긴다.

> 너는 항상 그랬던 것처럼 프레첼 가게 앞에서 존과 만났다. 프레첼을 두 개 사는 동안 존이 커피가 든 종이컵을 건넸다.

"고마워." 너는 커피를 홀짝이면서 종이컵 너머로 시선을 던져 거리의 인파를 훑어보았다.

| 장점 |

2인칭 시점으로 소설을 쓰면 두 가지 장점이 있다.

- **2인칭 시점이 소설을 쓰는 참신하고 독창적인 방식이라고 생각하는 독자들이 있다.**
- **독자가 방관자에 머무는 것이 아니라** 이야기에 관여하는 적극적인 참여자가 된다.

| 단점 |

하지만 2인칭 시점으로 소설을 쓸 때는 몇 가지 단점이 따른다.

- **'너'라는 대명사가 누구를 지칭하는지 명확하지 않다.** 한 명의 개별 독자인가, 혹은 다수의 독자 전체인가? 2인칭 시점에서는 독자가 자신과 동일시할 수 있는 실질적인 인물이 존재

하지 않는다.

- **대다수의 독자들은 2인칭 시점이 신경에 거슬린다고 생각한다.**
- **'너는'이라고 시작하는 문장이 많아지면서 글이 금세 단조로워진다.**
- **독자는 문장 하나하나마다 일일이 반박하고 싶은 충동을 느낄 수 있다.** "너는 샌드위치를 너무 급하게 먹은 나머지 속이 안 좋아졌다."라는 문장에 독자는 '아니야. 그렇지 않아!', '말도 안 돼. 내가 절대 그럴 리가 없어!'라며 격렬하게 항의하고 싶은 마음이 들 수 있다.

| 장르 |

독자가 선택지를 고르며 스스로 이야기를 만들어가는 종류의 소설을 제외하고는 소설 분야에서 2인칭 시점은 극히 찾아보기 어렵다. 2인칭 시점은 사용 설명서나 요리책, 자기계발서 같은 논픽션 분야에서 사용되기도 한다. 실제로 지금 읽고 있는 이 안내서 역시 일부분이 2인칭 시점으로 쓰였다고 볼 수 있다. 내가 독자를 여러분이라고 지칭하고 있기 때문이다.

| 2인칭 시점이 최고의 선택이 될 수 있을까 |

다음의 경우 2인칭 시점이 이야기에 가장 어울리는 시점이 될 수 있다.

- 단편소설에서 무언가 전혀 새로운 것을 시도해보고 싶다.
- 2인칭 시점을 사용해야 하는 명확한 이유가 있다.

다음의 경우라면 2인칭 시점을 추천하지 않는다.

- 장편 분량의 소설을 쓰고 있다.

2인칭 시점으로 쓴 작품들

- 제이 매키너니Jay McInerney, 『눈부신 빛, 거대한 도시Bright Lights, Big City』
- 톰 로빈스Tom Robbins, 『개구리 잠옷을 입고 반쯤 잠들어Half Asleep in Frog Pajamas』
- 짐 그림슬리Jim Grimsley, 『겨울 새Winter Birds』
- 찰스 스트로스, 『규칙 34조Rule 34』
- 로리 무어Lorrie Moore, 「작가가 되는 법How to Become a Writer」, 『이야기와 그 작가들The Story and Its Writer』

연습 #5

❶ 2인칭 시점으로 장면을 하나 써보자. 쓸 내용이 생각나지 않는다면 이 장에 소개된 예시의 뒤를 이어 몇 문단 정도 덧붙여 써보자.

❷ 2인칭 시점을 유지하여 글을 쓰기가 까다로운가?

❸ 쓴 장면을 다른 사람에게 읽어달라고 부탁해보자. 그 장면을 마음에 들어하는가? 싫어하는가? 어떤 시점에서 쓰인 글인지 알아보는가?

5장

3인칭 객관적 시점

정보를 숨겨 긴장을 만든다 vs 인간미가 없다

자, 이제 다른 유형의 시점으로 넘어가 보자. 바로 3인칭 시점이다. 이 시점에는 여러 하위 유형이 존재하며, 이 장에서는 먼저 3인칭 객관적 시점을 살펴볼 것이다.

| 정의 |

3인칭 객관적 시점은 다른 말로 '영화적 시점', '비개인적 시점', '관찰자 시점'이라고도 불린다. 화자는 인물 내면에 들어가지 않고 인물의 외부에 존재하며 오직 카메라가 기록할 수 있는 사실만을 드러낸다. 이 시점에서 독자는 마치 벽에 붙은 파리가 된 기분이 들 수 있다. 사건이 벌어지는 모습을 보고 오가는 대화를 듣지만 어떤 인물의 속마음도 들여다볼 수 없기 때문이다. 독자는 인물의 생각이나 의견, 내적 갈등을 알 길이 없다. 결국 이러한 것들은 몸짓언어나 행동, 대화를 통해 명백하게 드러나지 않는 이상 독자에게 감춰진다.

> 그는 울타리를 타고 넘은 다음 집을 향해 기어갔다. 나무와 덤불이 그의 움직임을 가려주었다. 그는 한 손에 단도 자루를 움켜쥐고는 떡갈나무에 몸을 붙인 채 기다렸다.
>
> 집 안 어디에선가 개가 짖기 시작했지만 그는 꿈짝하지 않았다.
>
> 잠시 후 현관문이 열렸다. 빛줄기가 테라스에 쏟아졌다. "톰?" 여자의 목소리가 어둠을 타고 흘러나왔다. "당신이야?"
>
> 그는 대답하지 않았다. 입가에 미소를 띠고 손에는 여전히 단도를 움켜쥔 채 그는 다시 울타리를 향해 기어서 돌아왔다.

이 예시에서 보다시피 우리는 상황에 대한 화자의 해석을 듣지 못하고 인물의 머릿속을 들여다보지도 못한다. 감정은 오직 겉으로 드러나는 행동("미소를 띠고")으로만 암시될 뿐이다. 남자의 정체와 계획을 드러내지 않는 이런 방식은 서스펜스를 높이는 효과를 줄 수 있다. 하지만 소설을 처음부터 끝까지 3인칭 객관적 시점으로만 쓴다면 독자는 인물에게 거리감을 느끼게 될 것이다. 위의 예시에서라면 설사 여자가 살해당한다 해도 독자는 별로 신경 쓰지 않을 것이다.

| 목소리 |

3인칭 객관적 시점에서 목소리는 등장인물이 아니라 화자의 것이다. 화자의 목소리는 중립적이며 어떤 해석이나 의견도 제시하지 않는다. 이 말은 곧 3인칭 객관적 시점으로 소설을 쓸 때는 주관적이거나 어떤 의견을 나타내는 단어들을 배제해야 한다는 뜻이다. 예를 들어 '아름답다'나 '우울하다' 같은 형용사를 쓰지 말아야 한다.

| 장점 |

객관적 시점으로 소설을 쓰면 몇 가지 장점이 있다.

- **오직 대화와 행동을 통해서 감정을 드러낼 수밖에 없다.** 그 결과 '말하는' 대신 '보여주는' 방법을 익히게 된다. 장편소설

전체를 객관적 시점으로 쓸 생각이 없더라도 단편소설을 한 번 이 시점으로 써보는 건 좋다. 훌륭한 연습이 될 것이다!

- **정보를 숨기면서 긴장감과 서스펜스를 불러일으킬 수 있다.** 스릴러나 미스터리 소설이라면 범인의 정체를 밝히지 않고도 범인의 시점에서 장면을 묘사할 수 있다. 예를 들어 소설의 첫 장이나 프롤로그에서 범인의 머릿속에 들어가지 않고 그의 행동만을 묘사하면서 범죄가 어떻게 일어났는지 보여주는 것이다. 여기에서 범인의 생각이나 감정, 정체는 전혀 드러나지 않는다. 대실 해밋은 『유리 열쇠』에서 3인칭 객관적 시점을 사용한다. 그는 주인공이 시체 옆에 서 있는 장면으로 소설을 시작한다. 객관적 시점으로 썼기 때문에 독자는 주인공이 그 남자를 죽인 것인지, 아니면 그저 시체를 발견했을 뿐인지 확신할 수 없다. 그리고 독자는 이를 알고 싶은 마음에 계속해서 책을 읽어나가게 된다.
- 작가나 등장인물의 설명 혹은 해석에 따르지 않고 독자가 스스로 자신만의 결론을 내릴 수 있다. 독자는 소설 속에 등장하는 인물과 사건에 대해 어떻게 생각할지 스스로 결정하게 된다.

| 단점 |

- **거리감이 있고 인간미가 없다.** 독자가 인물의 내면에서 펼쳐지는 삶을 들여다보지 못하기 때문이다. 객관적 시점에서 독자는 인물을 가깝게 느끼거나 자신과 동일시할 기회가 없다.
- **독자는 정보를 얻기 위해서가 아니라 감정을 경험하기 위해 읽는다.** 독자가 소설을 읽는 것은 등장인물의 감정과 생각, 동기를 함께 경험하기 위해서이지, 영화를 볼 때처럼 그저 외부에서 인물들을 관찰하기 위해서가 아니다. 그러므로 객관적 시점을 엄밀하게 지키며 쓴 소설은 책 전체에 걸쳐 이런 독자의 요구를 충족시키지 못한다.

| 장르 |

소설을 처음부터 끝까지 3인칭 객관적 시점으로 쓰는 경우는 극히 드물다. 서스펜스 소설에서 인물이 아닌 플롯에 초점을 맞추는 개별 장면에 객관적 시점이 사용되기도 한다. 또한 범죄 소설의 하위 장르로 억세고 다부진 탐정이 주인공으로 등장하기 마련인 하드보일드 장르에는 드물게 3인칭 객관적 시점을 사용하는 작품이 있다. 반면 감정이 중요한 요소인 로맨스 장르에서는 거의 찾아볼 수 없다.

| 3인칭 객관적 시점이 최고의 선택이 될 수 있을까 |

다음의 경우 3인칭 객관적 시점이 이야기에 가장 잘 어울리는 시점이 될 수 있다.

- 스릴러나 미스터리 소설을 쓰면서 살인범의 정체를 감추고 싶거나 차마 입에 담지 못할 범죄의 공포를 전달하고 싶다.

다음의 경우라면 3인칭 객관적 시점을 추천하지 않는다.

- 소설 전체에서 사용하기. 객관적 시점은 몇몇 장면에서만 사용될 때 가장 큰 효과를 발휘한다.

3인칭 객관적 시점으로 쓴 작품들

- 대실 해밋, 『몰타의 매』
- 대실 해밋, 『유리 열쇠』
- 토머스 해리스, 『양들의 침묵』
  → 이 작품에서는 몇몇 장면에서 3인칭 객관적 시점을 사용한다.
- 퍼트리샤 콘웰, '케이 스카페타' 시리즈
  → 이 시리즈에서는 검시 장면의 일부에서 객관적 시점을 사용한다.
- 레이먼드 카버, 「작은 것들Little Things」
- 어니스트 헤밍웨이, 「흰 코끼리 같은 언덕」, 『헤밍웨이 단편선 1』

연습 #6

지금 쓰고 있는 소설에 3인칭 객관적 시점이 효과를 발휘할 만한 장면이 있는가? 이런 장면에서 객관적 시점은 어떤 쓸모가 있는가? 객관적 시점을 이용하여 어떤 비밀을, 혹은 누구의 정체를 숨길 수 있는가?

6장
3인칭 전지적 시점

자유롭고 유연하다 vs 가장 거리감이 있다

이제 3인칭 시점의 다른 유형으로 넘어가 보자. 바로 3인칭 전지적 시점이다.

| 정의 |

3인칭 전지적 시점에서 '전지적全知的'이라는 말은 '모든 것을 다 안다'는 뜻이다. 이 시점에서 이야기를 풀어나가는 화자는 소설 속 등장인물이 아니다. 화자는 모든 인물의 머릿속을 들여다볼 수 있으며 인물이 무슨 생각을 하는지, 어떤 기분인지 말해줄 수 있다. 전지적 화자는 미래와 과거를 볼 수 있고,

이 장소에서 저 장소로 자유롭게 넘나들 수도 있다. 심지어 인물이 전혀 인식하지 못하는 일들에 대해서도 언급할 수 있다. 이 시점으로 쓴 작품에서 우리는 "그녀는 모르고 있었지만", "그녀는 깨닫지 못했지만" 같은 문장을 만날 수 있다.

가끔씩 화자가 독자에게 직접 말을 거는 작품도 있지만("친애하는 독자여, 가엾은 수전에게 무슨 일이 일어났는지 염려했다면 걱정할 필요는 없다. 우리는 이제 곧 그녀의 뒤를 쫓아갈 것이다.") 현대 소설에서는 거의 찾아보기 어렵다. 전지적 시점의 예로 루이자 메이 올컷이 쓴 『작은 아씨들』의 일부를 살펴보자.

> 젊은 독자라면 '사람들이 어떻게 생겼는지' 알고 싶어 할 테니 우리는 잠시 시간을 내어 어스름 속에 앉아 뜨개질을 하고 있는 네 자매의 모습을 살짝 들여다보도록 하자. 집 밖에서 12월의 눈송이가 소리 없이 떨어지는 동안 집 안에서는 난롯불이 유쾌한 듯이 타오르고 있었다. 카펫은 색이 바랬고 가구는 검소했지만, 벽에는 아름다운 그림이 한두 점 걸려 있었고 벽감에는 책이 빽빽하게 꽂혀 있었으며 창문가에는 국화와 크리스마스 장미가 피어 있었다. 평온한 가정의 따스한 분위기가 가득한 안락한 방이었다.
>
> 네 자매 중 가장 맏이인 마거릿은 열여섯 살이었고 아주

예뻤다. 풍만한 몸에 흰 살결, 커다란 눈을 지녔고, 갈색 머리칼은 부드럽고 숱이 많았다. 상냥해 보이는 입매에 손이 순백으로 하얬는데, 그녀는 이 하얀 손을 다소 자랑으로 삼고 있었다. 열다섯 살인 조는 껑충한 키에 몸매가 호리호리하고 피부색이 어두웠다. 걸리적거리는 기다란 팔다리를 어떻게 주체할지 모르는 것처럼 보이는 모습이 마치 수망아지를 연상시켰다. 단호해 보이는 입매 위에는 익살맞은 코가 자리 잡고 있었고 선이 날카롭고 회색을 띤 눈은 모든 것을 다 꿰뚫어보는 듯했다. 그 눈은 어느 때는 험악해졌다가도 익살맞은 빛을 띠기도 했고 가끔 사색적으로 변하기도 했다. 길고 숱이 많은 머리칼은 조의 외모에서 유일하게 아름다운 부분이었는데, 대개는 걸리적거리지 않도록 머리망 안에 둘둘 말아 넣고 있었다. 조는 어깨가 둥글고 손과 발이 컸으며 항상 단정치 못한 옷차림을 하고 있었고 이제 막 빠른 속도로 소녀에서 여자로 성장하고 있지만 그게 마음에 들지 않는 듯 거북스러운 태도를 하고 있었다. 다들 베스라고 부르는 엘리자베스는 장밋빛 뺨에 부드러운 머리칼, 밝은 빛의 눈을 가진 열세 살 소녀로 수줍은 태도에 작은 목소리로 이야기를 했고 좀처럼 방해 받는 일이 없는 평온한 표정을 하고 있었다. 아버지는 베스를 "작은 평온 양"이라고 불렀는데, 이 별

명은 그녀에게 딱 들어맞았다. 베스는 자신만의 행복한 세계에서 살면서 자기가 신뢰하고 사랑하는 몇 안 되는 이들을 만날 때만 그 세계에서 나오는 것처럼 보였다. 에이미는 자매 중 가장 어렸지만, 그녀 자신의 의견에 따르면 가장 중요한 인물이었다. 러시아 동화 속에 나오는 전형적인 '눈 소녀'로 파란 눈에 어깨 위로 금발 고수머리를 늘어뜨렸고 피부가 창백하고 몸이 날씬했으며 항상 예의범절을 중시하는 작은 숙녀처럼 처신했다. 이 네 자매가 어떤 인물인지는 이제 앞으로 알아나가야 할 것이다.

여기에서 화자가 네 자매 중 어느 누구의 시점도 아니라는 사실은 분명하다. 육체 없는 이 화자는 인물들의 성격을 아주 잘 알고 있으며 자매들에 대한 자신의 의견을 독자와 함께 나누고 있다. 예시의 가장 첫 머리에서 작가는 심지어 제4의 벽을 부수고 화자가 직접 독자에게 말을 건네도록 만든다.

| 목소리 |

3인칭 전지적 시점의 소설에서 이야기는 소설 속 등장인물의 목소리도, 작가의 목소리도 아닌 화자의 목소리로 진행된다. 이 목소리는 소설 전체에 걸쳐 일관되게 유지되어야 한다. 사용하는 어휘나 문법 형태가 달라져서는 안 되며, 이는 다른 인물들의 생각이나 느낌을 묘사할 때도 마찬가지다.

여기서 명심해야 할 가장 중요한 점은 전지적 화자는 1인칭 시점에서의 화자와 마찬가지로 나름대로 개성을 지닌, 강렬하면서도 고유한 목소리로 이야기해야 한다는 것이다. 화자의 어투는 엄숙할 수도 익살스러울 수도 있으며 냉소적이거나 감탄조일 수도 있다. 전지적 화자는 인물을 판단하고 모든 일에 의견을 밝힌다. 별도로 명시하지 않는 경우 소설 속에서 나오는 모든 의견은 화자의 것이며, 인물의 것이 아니다.

이런 강렬한 화자의 목소리를 설정하지 않고 그저 여러 인물들의 머릿속을 들여다보기만 한다면 그건 전지적 시점으로 소설을 쓰는 것이 아니라 '머리 넘나들기'를 하고 있는 것이다. 머리 넘나들기란 시점 인물이 여러 명인 3인칭 제한적 시점을 엉성한 방식으로 사용하는 것을 가리킨다. 머리 넘나들기가 무엇인지 좀 더 정확하게 알고 싶다면 책장을 넘겨 13장을 읽은 다음 다시 이 장으로 돌아와도 좋다.

| **장점** |

전지적 시점으로 소설을 쓰면 몇 가지 장점이 있다.

- 시점을 위반하지 않으면서 각기 다른 인물들과 배경, 서브플롯 사이를 넘나들기에 **가장 자유도가 높고 유연한 시점이다.** 여러 장소를 배경으로 오랜 시간에 걸쳐 펼쳐지는 이야기라면 전지적 시점이 좋은 선택이 될 수 있다.
- **등장인물 중 누구도 알지 못하는 정보를 독자에게 제공할 수 있다.** 전지적 화자는 어떤 등장인물보다 소설 속 세계에 대해 폭넓은 시야를 제공할 수 있다. 특히 어떤 인물이 스스로 자각하지 못하는 동기나 느낌까지도 전달할 수 있다.
- **앞으로 일어날 어떤 사건을 암시하며 서스펜스를 조성할 수 있다.** 예를 들어 이런 문장으로 장을 끝맺을 수 있다. "그녀는 그게 진짜라기엔 너무 좋은 이야기라는 걸 알아챘어야 했다."
- **이야기의 전후 맥락을 설명할 수 있으며 독자에게 소설 속 사회 전반에 대한 한층 포괄적인 시야를 제공할 수 있다.**
- **인물을 묘사하기가 훨씬 쉽다.** 인물이 자기 자신에 대해 사용하지 않을 법한 표현으로 인물을 묘사할 수 있다.
- **독자와 인물 사이에 거리감을 조성한다.** 이는 풍자 소설이나 유머 소설을 쓰는 경우 이점으로 작용한다.

- **인물이 사용할 법한 어휘나 문법에 얽매이지 않아도 된다.** 이야기를 풀어가는 목소리는 화자의 것이며 그 어떤 인물의 것도 아니다.

| 단점 |

전지적 시점으로 소설을 쓰면 몇 가지 단점이 따른다.

- **전지적 시점은 가장 거리감이 있고 비개인적인 시점이다.** 독자는 인물 내면으로 깊이 들어가 사건을 경험하지 않는다. 독자는 소설의 모든 사건을 일정한 거리를 둔 채, 화자의 렌즈를 통해 보게 된다. 그 결과 독자는 1인칭 시점 혹은 3인칭 제한적 시점에 비해 인물과 밀접하게 유대감을 형성하지 않는다.
- 이야기를 풀어나가는 화자의 존재감이 뚜렷하기 때문에 **전지적 시점에서는 보여주기보다 말하기에 의존하기 쉽다.** 문제는 소설에 등장하는 사건과 인물에 대해 어떻게 생각해야 할지 판단을 강요받길 싫어하는 독자들이 많다는 것이다. 이들은 인물의 눈을 통해 사건을 직접 경험하고 스스로 결론을 도출하고 싶어 한다.
- 화자가 여러 인물과 배경, 서브플롯을 자유롭게 넘나들기 때

문에 이따금 **이야기가 초점이 맞지 않는다는 느낌을 준다.**

- **전지적 시점은 아마도 제대로 쓰기가 가장 까다로운 시점일 것이다.** 조심하지 않으면 자칫 머리 넘나들기로 빠져버리기가 쉽다.
- **화자가 모든 것을 다 알고 있다는 점 때문에 오히려 서스펜스와 긴장감을 조성하기가 더 어려울 수도 있다.** 예를 들어 전지적 시점으로 살인 미스터리 소설을 쓰기는 어려울지도 모른다. 화자가 살인범의 생각을 독자에게 보여준다면 그가 범인이라는 사실이 밝혀져 버리기 때문이다. 그렇다고 화자가 다른 인물의 생각을 모두 드러내면서 살인범의 생각만 밝히지 않는다면 이 또한 그가 범인임을 가리키는 빨간 깃발이 될 것이다.
- **오늘날에는 전지적 시점이 그리 흔히 사용되지 않기 때문에** 출판사 편집자나 독자의 관심을 끌기 어려울 수 있다.

| 장르 |

대다수의 고전 작품은 전지적 시점으로 쓰였다. 빅토리아 시대의 작가들은 개개인의 이야기보다는 사회 전체에 초점을 맞추어 소설을 썼기 때문에 모든 등장인물의 생각을 들여다볼 수 있는 시점을 선호했다.

한편 현대 소설에서는, 특히 장르 소설의 경우 전지적 시점으로 쓴 작품은 극히 찾아보기 어렵다. 오늘날의 독자들은 거리를 두고 사건을 지켜보기보다는 인물과 유대감을 형성하고 이야기를 직접 경험하고 싶어 하기 때문이다.

다음의 경우 드물기는 하지만 여전히 전지적 시점이 사용되기도 한다.

- 서사 판타지 소설, SF, 역사 소설.
  → 이야기가 아우르는 범위가 방대한 장르들이다.
- 풍자 소설, 해학 소설
- 순수 문학

로맨스 소설에는 전지적 시점을 쓰지 않는 것이 좋다고 단언할 수 있다.

| 전지적 시점이 최고의 선택이 될 수 있을까 |

다음의 경우 전지적 시점이 이야기에 가장 잘 어울리는 시점이 될 수 있다.

- 이야기의 범위가 방대하고, 수많은 인물이 등장하며, 오랜 시간에 걸쳐 벌어지는 플롯 중심의 장대한 소설을 쓰고 싶다.
- 독자가 소설 속 사건들에 대해 비판적 거리를 두고 지켜보는 일이 중요하다.
- **설정 장면**: 오늘날에는 소설 전체를 전지적 시점으로 쓰는 일이 드물지만 어떤 작가들은 소설의 서두 혹은 장의 서두에서 독자가 배경을 좀 더 잘 이해할 수 있도록 전지적 시점을 사용하기도 한다. 장 첫머리의 한 문단, 혹은 한두 문장 정도를 전지적 시점에서 쓴 다음 마치 카메라를 줌인 하듯이 어떤 인물의 3인칭 제한적 시점으로 전환하는 것이다. 그리고 소설의 나머지 부분을 전부 3인칭 제한적 시점으로 쓴다. 이런 방식을 쓴다면 설정 장면을 짧게 끝낸 후 독자를 재빨리 시점 인물의 머릿속으로 데려가는 것이 좋다.

철썩이는 파도가 느릿한 리듬에 따라 이탈리아 항구에 정박한 소형 배들을 부둣가로 밀어댔다. 안개가 걷히면서 앨커트래즈 섬의 모습이 드러났다. 부둣가에는 어부 한 무리가 앉아 그물을 손질하고 있었고 또 다른 어부들은 바다에 배를 내리고 있었다.

여동생이 준비해둔 커다란 냄비가 있는 곳으로 게 상자를 나르는 지오반니의 장화 아래에서 비바람에 낡아버린 부두의 나무판자가 삐걱거렸다. 해산물을 요리하는 냄새에 그의 입에 침이 고였다.

예시에서 볼 수 있듯이 첫 번째 문단에서 전지적 화자의 목소리가 완전히 중립적이기 때문에 인물에게 더 밀접한 시점으로 전환하는 과정이 그리 어색하게 느껴지지 않는다. 여기에서 화자는 그저 만과 항구의 정경을 독자 앞에 펼쳐낼 뿐 어떤 의견이나 생각도 제시하지 않는다. 두 번째 문단에 이르면 우리는 인물의 행동을 외부에서 지켜보다가 지오반니의 머릿속에 들어가 그의 감각을 통해 상황을 경험하면서 서서히 지오반니의 시점으로 들어가게 된다.

다음의 경우라면 전지적 시점을 추천하지 않는다.

- 인물 중심의 이야기. 이 경우 한 인물을 깊게 들여다보는 일이 플롯의 전개보다 더 중요하다.

| 전지적 시점으로 소설을 쓸 때의 요령 |

전지적 시점으로 모든 인물의 머릿속을 들여다볼 수 있는 화자를 통해 이야기를 풀어내려 한다면 한 인물의 생각에서 다른 인물의 생각으로 넘어갈 때의 전환이 거슬리지 않도록 주의해야 한다.

전지적 시점에서 인물의 생각을 밝힐 때는 몇 가지 요령이 있다.

- **한 인물의 머리에서 바로 다른 인물의 머리로 건너뛰지 않는다.** 한 인물의 내면에 깊이 들어갔다가 바로 다른 인물의 내면으로 훌쩍 건너뛰는 대신 어느 정도 거리를 두고 인물의 생각을 이야기함으로써 전환이 갑작스럽거나 어색하지 않게 만든다. 여기에서 인물과 거리를 둔다는 것은 인물의 생각을 직접 보여주는 대신 보고하듯 말한다는 뜻이다. '서술적 거리'와 '내적 독백'을 다룬 장에서는 인물의 내면에 지나치게 깊이 발을 담그지 않고 그 인물의 생각과 느낌을 드러내는 법을 다룰 것이다.
- **한 인물의 생각에서 다른 인물의 생각으로 전환할 때는 그사이에 행동을 묘사한다.** 한 인물의 생각이나 느낌을 드러낸 다음에는 카메라를 돌려 독자에게 그 인물의 외면적인 행동이

나 대화를 보여주라. 그다음 다른 인물의 행동이나 반응을 보여주고 그 후에 그 다른 인물의 머릿속으로 들어가라.

- **지나치게 많은 인물의 내면을 들여다보지 않는다.** 등장인물 중 누구의 생각과 느낌을 드러낼지 현명하게 선택하라. 또한 자꾸 새로운 인물의 내면으로 옮겨 다니지 않아야 하며, 한 인물을 선택했다면 그 인물의 내면에 얼마 동안은 머물러 있어야 한다. 마구잡이로 이 인물에서 저 인물로 옮겨 다니면 독자의 머릿속은 혼란스러워질 것이다. 인물 사이를 전환할 때는 그럴 만한 마땅한 이유가 있는지 확인하라.

어머니는 풍만한 엉덩이에 양손을 얹은 다음 티나를 노려보았다. "도대체 무슨 생각을 했던 거야?"

티나의 얼굴에 핏기가 가셨다. 들켰다는 것을 깨닫는 순간 그녀는 심장 박동이 빨라지는 것을 느꼈다.

"그저 도와 드리려고 했을 뿐이에요."

"돕는다고?" 어머니가 티나의 말을 따라했다.

티나는 어떤 말로도 이 곤경에서 빠져나갈 수 없다는 사실을 깨달았다. 어머니가 이런 핑계에 넘어가지 않을 사람이라는 걸 알았어야 했다. 하지만 티나는 애초부터 요령이 좋지 못했다. 티나는 도톰한 아랫입술을 떨며 우물거렸다. "죄송

해요."

어머니는 책상 위에 놓인 청구서를 두드렸다. "죄송하다고 해서 아버지 차가 고쳐지겠니?" 그녀는 딸이 분별없는 짓을 벌이고도 무사히 넘어가게 두고 싶지 않았다. 하지만 그녀는 늘 마음이 약한 여자였다. 가짜 눈물이 한 방울 떨어지자마자 그녀는 마음이 약해져서 그만 항복해 버리고 말았다. "티나, 얘야, 울지 마라. 돈은 내줄 테니."

우리는 티나나 어머니가 실제로 하는 생각을 듣지 못한다. 둘의 생각을 전해들을 뿐이다(예를 들어 "젠장, 들켰다"라는 표현 대신 "들켰다는 것을 깨닫는"이라고 표현된다). 또한 우리는 티나의 감정을 그녀의 입장에서 직접 경험하는 대신 그녀가 심장 박동이 빨라지는 것을 느꼈다는 사실을 전해 듣는다. 한편 티나의 생각에서 어머니의 생각으로 전환되는 과정에 인물들의 행동과 대화를 보여주는 몇 문장이 들어가 있기 때문에 한 인물의 내면에서 다른 인물의 내면으로 곧장 건너뛰지 않는다.

한편 예시를 자세히 살펴보면 화자의 것이 분명한 의견을 찾을 수 있다. 그에 따르면 티나는 애초부터 요령이 좋지 못했고, 어머니는 마음이 약한 여자다. 화자는 또한 티나의 어머니가 생각하는 것과는 달리 티나의 눈물이 가짜 눈물이라고 판단한다.

전지적 시점에서 인물의 생각을 그려내는 방법은 15장에서 좀 더 자세히 살펴볼 것이다.

3인칭 전지적 시점으로 쓴 작품들

- 제인 오스틴, 『오만과 편견』
- 찰스 디킨스, 『두 도시 이야기』
- J. R. R. 톨킨, 『반지의 제왕』
- 마커스 주삭, 『책 도둑』
  → 여기에서는 죽음이 화자로 등장한다.
- 더글러스 애덤스, 『은하수를 여행하는 히치하이커를 위한 안내서』

연습 #7

❶ 책장이나 전자책 서가에 전지적 시점으로 쓰인 소설이 있는가? 있다면 꺼내어 읽어보자. 전지적 시점 소설이 한 편도 없다면 이 장에서 내가 소개한 책을 골라도 좋다.

❷ 화자의 목소리를 살펴보자. 화자는 어떤 성격을 가지고 있는 것처럼 보이는가?

❸ 화자가 한 인물의 내면에서 다른 인물의 내면으로 초점을 전환하는 부분을 찾아보자. 이 전환을 위해 저자는 어떤 기술을 사용하는가?

연습 #8

학교 동창회가 열리는 장면을 전지적 시점으로 써보자. 화자에게 어떤 목소리와 성격을 부여하고 싶은가? 비판적인 목소리로 써보면 재미있지 않을까?

7장

3인칭 제한적 시점

친밀감과 정보의 균형 vs 시점 인물 묘사의 어려움

이 장에서는 3인칭 시점의 또 다른 유형을 살펴보도록 하겠다. 바로 3인칭 제한적 시점이다.

| 정의 |

3인칭 제한적 시점에서는 소설 전체 혹은 일부분이 오직 한 인물의 관점에서만 이야기되며 '그' 혹은 '그녀'라는 3인칭 대명사가 사용된다. 이 시점에 '제한적'이라는 이름이 붙은 이유는 이야기의 그 부분에서는 오직 한 인물의 내면만으로 접근이 '제한'되기 때문이다. 제한적 시점에서는 그 시점 인물이 알고, 보고, 듣고, 느끼고, 생각하고, 경험하는 것들만을 언급할 수 있다. 시점 인물이 아닌 다른 인물의 내면을 들여다볼 수 없다는 점에서 1인칭 시점과 같고, 전지적 시점과는 다르다.

내가 쓴 소설 『진정한 본성True Nature』의 일부를 예로 소개한다.

> 방 안을 좀 더 살펴볼 겨를도 없이 대니가 바로 그녀의 코앞에 서 있었다. 그는 '나가'라는 의미의 수화를 하면서 손으로 딱 소리를 냈다. 그 빠른 손놀림에서 그녀가 당장 나가주길 바라는 그의 마음이 보이는 듯했다.
>
> 켈시는 뒷걸음질을 친 끝에 문가까지 물러나서는, 그의 사적 영역에 발을 들여놓지 않으면서도 방을 완전히 나가버리지 않은 상태로 머뭇거렸다. "초인종을 눌렀는데, 대답이 없어서." 그녀는 수화로 이야기했다.
>
> "도대체 원하는 게 뭐야?" 대니의 표정에서 그녀가 이 방에 들어오는 것이 반갑지 않다는 마음이, 어쩌면 이 집에 오는 것 자체가 반갑지 않다는 마음이 여실히 드러났다.
>
> 다툼이 생길 때마다 항상 피하려고만 하는 습관을 억누르면서 켈시는 그 자리에서 물러나지 않았다. "나는 네 가정교사야." 그녀는 침착한 태도로 정확하게 수화 동작을 만들었

다. "우리는 끝내야 할 수업들이 남아 있어. 그러니 괜찮다면…."

"나는 유모 따위는 필요 없어!" 엄지손가락으로 턱 아래를 긋는 동작은 얼마나 힘이 들어갔는지 마치 '없다'는 뜻의 수화가 아니라 그녀의 목을 그어버리겠다는 몸짓처럼 보였다.

켈시는 안간힘을 다해 침착함을 유지하려고 애썼다. "그거 잘 됐다." 그녀는 수화로 이야기했다. "나는 기저귀 가는 일에는 정말 소질이 없거든."

대니의 손이 공중에서 얼어붙었다. 그는 그녀를 응시했다.

이런 재치 있는 대답을 들으리라고는 상상도 하지 못한 것이 분명했다.

이 장면은 켈시의 시점에서 쓰였다. 그러므로 독자는 켈시가 내면에서 무슨 생각을 하는지 알 수 있는 한편 대니의 머릿속을 들여다볼 수는 없다. 대니의 감정은 오직 그의 몸짓언어와 얼굴 표정으로만 드러난다. 마지막 문장의 "분명했다"라는 표현은 이것이 대니의 생각이 아니라는 사실을 알려준다. 이 말은 대니가 그렇게 느꼈을 것이라는 켈시의 해석이다.

| 목소리 |

전지적 시점과는 다르게 제한적 시점에는 신적 존재인 독단적 화자가 존재하지 않는다. 3인칭 제한적 시점에는 서술적 거리에 따라 여러 가지 하위 유형이 존재한다.

- 거리가 먼 3인칭 제한적 시점에서 화자의 목소리는 중립적이다.
- 거리가 가까운 3인칭 제한적 시점에서는 등장인물이 화자가 되며 이야기는 시점 인물의 목소리로 서술되어야 한다. 그러므로 화자가 사용하는 어휘와 문법 형태는 시점 인물의 성격과 배경, 감정 상태에 걸맞은 것이어야 한다. 3인칭 제한적 시점의 하위 유형들에 대해서는 3인칭 깊은 시점을 다루는 장에서 좀 더 자세하게 살펴볼 것이다.

좀 더 중립적인 화자

티나는 그가 겁을 집어먹자 고개를 저었다. "겁쟁이처럼 굴지 좀 마라!"

좀 더 깊은 시점 1

메리는 그를 향해 고개를 저었다. 맙소사, 이런 천하의 겁쟁이 같으니라고. "겁쟁이처럼 굴지 좀 마라."

좀 더 깊은 시점 2

베티는 그를 향해 고개를 저었다. 뭐 이런 겁쟁이가 다 있어. "마음 좀 단단히 먹어."

좀 더 깊은 시점 3

벤은 그를 향해 고개를 저었다. 이런 찌질한 자식. "정신 좀 차려!"

'좀 더 중립적인 화자'의 예시는 거리가 먼 3인칭 제한적 시점으로 쓰였다. 여기에서는 중립적인 목소리가 사용되었으며 인물의 성격이나 배경에 대한 어떤 단서도 제공하지 않는다.

그다음 '좀 더 깊은 시점'의 세 가지 예시는 주로 '깊은 시점'이라고 불리는 거리가 가까운 3인칭 제한적 시점으로 쓰였다. 여기에서 목소리는 인물의 것으로 중립적이지 않다. 인물의 성격과 배경이 대화뿐 아니라 서술 자체에 스며들어 있다. 메리는 역사 소설에 나오는 나이 많은 인물처럼 보이고, 벤은 현대 소설에 등장하는 남자임이 분명해 보인다.

| 장점 |

3인칭 제한적 시점으로 소설을 쓰면 몇 가지 장점이 있다.

- **인물에 대한 친밀감과 정보 전달 사이의 균형을 잡을 수 있다.** 이 시점은 전지적 시점보다 인물에게 훨씬 더 친밀하게 다가갈 수 있으며, 1인칭 시점보다 훨씬 더 폭넓은 정보를 전달할 수 있다.
- **1인칭 시점보다 훨씬 더 유연하게 글을 쓸 수 있다.** 마치 카메라가 줌인하거나 줌아웃하듯이 장면에 가까이 다다갈 수도, 멀리 떨어질 수도 있다. 한 걸음 물러나 심리적 거리를 넓힌 다음 이야기의 맥락을 마련하고, 배경 지식을 채워 넣고, 전후 사정을 설명할 수 있다. 물론 이 경우 정보를 한꺼번에 무더기로 쏟아내는 방식에 의존해서는 안 된다. 서술적 거리에 대해서는 11장에서 더 자세히 살펴볼 것이다.
- **인물의 목소리에 반드시 얽매일 필요가 없다.** 이 점은 시점 인물이 어린아이이거나 교육을 받지 못한 인물, 혹은 원어민이 아닐 경우에 도움이 된다.
- **3인칭 제한적 시점에서는 독자가, 그리고 주인공이 알고 있는 사실들을 제한하는 방식으로 서스펜스를 조성할 수 있다.** 적어도 한 장면 안에서는 오직 한 인물의 시점에만 머물러 있기 때문에 독자는 다른 인물들이 무슨 생각을 하는지 알 수 없으며, 이를 시점 인물과 더불어 추측해야만 한다. 시점 인물이 애정을 품은 상대 또한 시점 인물에게 관심이 있는가? 살

인범은 누구인가? 그녀는 왜 그렇게 못된 행동을 하는 것인가? 시점의 특징을 활용하여 독자의 마음속에 이런 의문들이 피어오르도록 만든다면 독자는 이 의문들의 해답을 찾기 위해 계속해서 책장을 넘기게 될 것이다.

- **같은 책 안에서 여러 시점 인물의 관점으로 이야기를 풀어나갈 수 있다.** 예를 들어 로맨스 소설에서는 두 주인공 모두의 시점에서 이야기를 풀어나갈 수 있다. 그 결과 독자는 두 주인공의 입장을 모두 동등하게 이해하게 된다. 다중 시점에 대해서는 뒤의 장에서 좀 더 자세히 다룰 것이다.

| 단점 |

하지만 3인칭 제한적 시점에는 몇 가지 단점이 있다.

- **시점 인물이 알아차리는 것들만 보여줄 수 있다는 제약이 있다.** 시점 인물이 알아보지 못하는 것들에 대해서는 언급할 수 없다.
- **1인칭 시점보다 시점 위반을 피하기가 한층 까다롭다.** 시점을 일관되게 유지하며 머리 넘나들기 함정에 빠지지 않는 것이 어려울 수 있다. 머리 넘나들기 함정에 대해서는 13장에서

더 자세히 다룰 것이다.

- **시점 인물의 모습을 어떻게 묘사해야 하는가라는 까다로운 난제가 있다.** 대부분의 경우 인물들은 자신의 외모에 대해 굳이 생각할 이유가 없기 마련이다. 인물이 자신의 '반짝이는 녹색 눈'이라든가 '숱이 많은 다갈색 머리칼'에 대해 생각한다면 허영심 많은 인물로 보이기 십상이다. 그렇다고 인물을 거울 앞에 세우는 것은 진부하기 짝이 없는 수법이므로 이보다 더 좋은 방법을 궁리해야만 한다.

| 장르 |

3인칭 제한적 시점은 아마도 현대 소설에서 가장 흔하게 볼 수 있는 시점일 것이다. 이 시점을 사용하는 소설은 모든 장르에서 찾아볼 수 있다.

| 3인칭 제한적 시점이 최고의 선택이 될 수 있을까 |

다음의 경우 3인칭 제한적 시점이 이야기에 가장 잘 어울리는 시점이 될 수 있다.

- 독자가 등장인물과 자신을 동일시하길 바란다.
- 가능한 한 폭넓은 독자층을 끌어들이고 싶다. 3인칭 제한적 시점은 오늘날 가장 많이 사용하는 시점이므로 어떤 장르의 소설이든 이 시점은 안전한 선택이 될 것이다.

다음과 같은 경우라면 3인칭 제한적 시점을 추천하지 않는다.

- 독자가 인물과 비판적 거리를 유지하길 바란다.

| 3인칭 제한적 시점에서 흔히 마주하는 난제 |

3인칭 제한적 시점으로 소설을 쓸 때 작가들이 자주 맞닥뜨리는 두 가지 난제가 있다. 하나는 시점 인물의 모습을 어떻게 묘사하는가의 문제이며, 다른 하나는 시점을 위반하지 않으면서 다른 인물들이 느끼고 생각하는 바를 어떻게 드러내는가의 문제다. 여기에서는 이 두 가지 난제를 해결하는 몇 가지 요령을 설명한다.

1. 시점 인물에 대한 묘사

시점 인물의 모습을 묘사하는 몇 가지 방법이 있다.

- **다른 인물의 눈을 통해 시점 인물의 모습을 묘사한다.** 다중 시점으로 소설을 쓰고 있다면 가장 좋은 방법은 다음 장 혹은 다음 장면에서 시점을 전환할 때까지 기다렸다가 다른 인물의 시점에서 그 인물의 모습을 묘사하는 것이다. 여러 명의 시점 인물을 활용하는 법에 대해서는 9장에서 좀 더 자세히 설명할 것이다.
- **시점 인물이 자신의 외모에 대해 생각할 만한 그럴듯한 이유를 마련한다.** 예를 들면 시점 인물이 직장 면접을 준비하거나 누군가에게 좋은 인상을 주기 위해 손가락으로 고수머리를 빗으며 숱 많은 머리칼을 단정하게 정리하는 장면이다. 혹은 시점 인물의 외모가 변화할 수도 있다.
- **대화를 활용해 시점 인물의 모습을 묘사한다**. 다른 인물에게 시점 인물의 외모에 대해 언급하게 만들어도 좋다.

그는 그녀를 위아래로 훑어보았다. "생각보다 키가 작으시네요."

그녀는 어깨를 으쓱했다. "맞아요. 그런 당신은 생각보다 머리가 벗어졌네요. 그럼 우리 이제 비긴 건가요?"

- **시점 인물에게 신체적인 특징이 드러나는 행동을 하게 만든**

다. 예를 들어 나는 『관심의 충돌Conflict of Interest』에서 에이든이 던을 도와 높은 선반에서 쟁반을 꺼내도록 만들며 에이든이 키가 크다는 사실을 암시했다. 또한 에이든이 통조림처럼 작은 던의 자동차에 몸을 욱여넣을 때마다 불평을 늘어놓게 만들었다.

- **시점 인물이 다른 인물과 자신의 모습을 비교하게 만든다.** 이때도 시점 인물은 그럴 만한 마땅한 이유가 있어야 한다.

오빠가 자신을 노려보자 그녀는 몸을 좀 더 길게 곧추세웠다. 오빠가 자신보다 5센티미터는 작다는 사실에 얼마나 속상해 하는지 잘 알고 있기 때문이었다.

- **독자에게 묘사를 한꺼번에 무더기로 쏟아내지 않는다.** 세 문단에 걸쳐 인물의 외모에 대한 묘사를 길게 늘어놓는다면 이야기가 앞으로 나아가는 기세를 꺾는 것이다. 그보다는 한 번에 조금씩, 행동 안에 묘사를 엮어 넣는 것이 낫다.

목덜미가 달아오르자 그녀는 자신의 창백한 안색을 저주했다.

- **쓰고 있는 소설 장르의 관습을 염두에 둔다.** 인물의 외모에

대한 묘사가 얼마나 중요한지는 소설의 장르에 따라 달라진다. 로맨스 소설의 독자는 대부분 주인공이 어떤 외모를 지니고 있는지 알고 싶어 하지만 스릴러 장르의 독자는 외모에 대해 공백으로 남겨 두는 편을 선호한다. 자신이 쓰는 장르에서 성공을 거둔 소설을 찾아 읽어본 후 이 장르의 독자들이 외모 묘사를 어느 정도 원하는지 사례를 바탕으로 추측하라.

2. 시점 인물이 아닌 다른 인물들의 생각과 감정을 드러내는 법

당연한 일이지만 독자는 시점 인물이 아닌 다른 인물들이 무슨 생각을 하며 어떻게 느끼는지를 어느 정도는 알고 싶어 한다. 제한적 시점에서는 시점 인물이 아닌 인물의 내면에는 들어갈 수 없지만 시점을 위반하지 않으면서도 다른 인물이 어떤 기분을 느끼며 무슨 생각을 하는지 독자에게 알려줄 수 있는 방법이 있다.

그 방법은 시점 인물이 다른 인물의 몸짓언어나 자세, 얼굴 표정을 해석하게 만드는 것이다. 이때는 반드시 "아마도", "의심의 여지 없이", "~하는 것처럼 보였다." 같은 표현을 사용하여 이 부분이 시점 인물의 해석이라는 사실을 분명하게 드러내야 한다.

이 방법을 얼마나 깊이 있게 사용할 수 있는지는 시점 인물의 성격에 따라 달라진다. 시점 인물이 관찰 능력이 뛰어나거나 심리학에 정통한 사람이라면 다른 인물들의 감정을 좀 더 자유롭게 드러낼 수 있을 것이다. 물론 다른 인물들은 대화를 통해 자신의 생각을 공유할 수도 있다.

3인칭 제한적 시점으로 쓴 작품들

- 퍼트리샤 하이스미스, 『캐롤』
  → 이 책은 오직 한 인물의 시점에서만 이야기가 진행된다.
- 캐서린 V. 포레스트, 『케이트 델라필드』
- 내가 쓴 소설 전부(『그저 육체적인Just Physical』, 『마음 깊은 곳에서 흔들려Shaken to the Core』 등)

연습 #9

주인공의 외모에 대한 묘사가 포함된 장면을 써본다. 다중 시점을 사용한다면 두 번째 주인공의 시점에서 이 장면을 써보라. 단일 시점으로 소설을 쓰고 있다면 이 장에서 설명한 요령과 방법을 활용하여 외모에 대한 묘사를 끼워 넣을 수 있는 다른 방법을 궁리해보라.

연습 #10

3인칭 제한적 시점으로 쓰인 소설 한 편을 찾아 읽어보자. 그 소설의 저자가 시점 인물이 아닌 다른 인물들의 생각과 느낌을 어떻게 드러내는지, 주인공의 외모를 어떻게 묘사하는지 유심히 살펴보라. 그리고 그 소설에서 발견한 기술들을 기록하라.

8장
3인칭 깊은 시점

내면적이며 '보여줄' 수 있다 vs 화자의 매력에 의존한다

이 장에서 다룰 3인칭 깊은 시점은 3인칭 제한적 시점과 다른 범주에 속하는 건 아니다. 그보다는 제한적 시점의 하위 유형에 가깝다. 자세히 살펴보도록 하자.

| 정의 |

3인칭 제한적 깊은 시점은 '거리가 가까운 3인칭 시점', '친밀한 3인칭 시점'이라고도 알려져 있다. 이 시점에서도 역시 오직 한 인물의 생각과 감정만을 드러낼 수 있다.

3인칭 제한적 시점 중에서도 서술적 거리가 먼 종류의 시점과는 달리 깊은 시점에는 화자가 따로 존재하지 않는다. 등장 인물 자신이 직접 이야기를 이끌어 나가며 독자는 마치 1인칭 시점에서처럼 인물의 내면에 깊이 들어간다. 1인칭 시점과 다른 것은 '그', '그녀'와 같은 3인칭 대명사를 사용한다는 점뿐이다. 작가가 서술하는 모든 단어와 문장은 시점 인물의 머릿속에서, 그의 목소리를 통해 나온다.

3인칭 깊은 시점의 예로 내가 쓴 소설 『심장의 문제』의 일부를 살펴보자.

> 호프는 몇 초 동안 숨을 멈추었다. 둘 중 더 용기 있는 사람이 누구냐고 묻는다면 이제 답이 나온 셈이었다. 그녀는 정신 좀 차리라며 머릿속에서 자신을 걷어찼다. "어, 응. 나도." 어쩌면 이렇게 말도 잘하는지. 시인이 아니라 의사라서 다행이었다.

마지막 두 문장은 화자가 아닌 호프의 생각이지만 작은따옴표로 묶이지 않는다. 우리가 호프의 시점에 깊이 들어와 있기 때문이다. 또한 여기서 우리는 호프가 약간 비꼬는 태도에 냉소적이며 스스로를 웃음거리로 삼을 줄 아는 사람이라는 사실을 알 수 있다.

| 목소리 |

1인칭 시점과 마찬가지로 3인칭 깊은 시점으로 쓰는 소설은 생생하고 강렬한 목소리가 중요하다. 명심해야 할 것은 이야기를 서술하는 이 목소리가 중립적이지 않다는 것이다. 목소리는 시점 인물의 것이며 여기에는 인물의 성격과 배경, 감정이 반영된다. 이 시점을 사용할 때는 다음과 같은 두 가지를 유념해야 한다.

- **시점 인물이 알아차릴 법한 세부 사항만을 언급해야 한다.** 사람마다 알아차릴 법한 것들이 각기 다르다는 사실을 명심하라. 인테리어 장식을 직업으로 하는 사람이라면 어떤 집에 처음 방문했을 때 집의 색 배합과 장식을 눈여겨볼 것이며 소방관이라면 비상구 위치를 확인할 것이다. 또한 무엇을 눈여겨보는지는 인물의 현재 감정 상태에 따라 달라진다. 주인공이 목숨을 건지기 위해 도망치는 중이라면 달아나는 길목의 정원에 핀 아름다운 꽃을 볼 겨를이 없을 것이다.
- **이야기를 서술하는 언어는 시점 인물의 언어여야 한다.** 서술에 사용되는 언어가 인물의 성별과 연령, 교육 수준, 배경, 성격에 들어맞아야 한다. 시점 인물이 거리에서 활동하는 억세고 다부진 경찰이라면 미사여구를 사용하거나 학구적인 양

식으로 글을 쓰지 않아야 한다. 은유와 직유를 사용한다면 그 비유가 인물이 사용할 법한 표현인지 확인해야 한다.

이를 보여주는 예로 내가 쓴 소설 『숨겨진 진실Hidden Truths』의 일부를 살펴보자. 이 소설에서 주인공은 말을 키우는 목장 주인이다.

> 낯선 사람의 갈색 머리칼은 내티네 암말의 마호가니빛 털과 똑같은 구릿빛으로 빛났다. 그녀의 커다랗게 벌어진 갈색 눈을 보고 에이미는 겁을 집어먹은 말의 눈빛이 떠올랐다.

인물의 목소리를 올바르게 설정하는 법에 대해 더 많은 조언이 필요하다면 1인칭 시점을 다룬 장으로 되돌아가도 좋다. 인물이 사용할 법한 어휘와 문법 형태를 선택하는 요령은 1인칭 시점과 동일하다.

| 장점 |

3인칭 깊은 시점으로 소설을 쓰면 몇 가지 장점이 있다.

- **3인칭 깊은 시점은 1인칭 시점만큼이나 직접적이고 내면적**

인 시점이다. 독자는 시점 인물과 깊은 유대감을 형성하고 자신을 동일시할 수 있다.

- **책 전체에 걸쳐 한 사람의 시점에 고정되어 있을 필요가 없으며 여러 명의 시점 인물을 둘 수 있다.**
- **깊은 시점으로 소설을 쓰면 글에서 '말하기'를 배제하고 그 대신 장면을 '보여줄' 수 있다.** '말하지 말고 보여주라'는 널리 알려진 글쓰기 조언을 들어보았을 것이다. '말하기'란 독자에게 결론을 전달하는 것으로, 독자가 스스로 생각하게 만드는 대신 어떻게 생각해야 할지 작가가 나서서 결정해준다. 반면에 '보여주기'는 독자에게 구체적이고 생동감 넘치는 세부 사항을 충분히 전달한 끝에 독자가 스스로 결론을 이끌어내도록 유도한다.

말하기 그는 그녀의 자신감에 감탄했다.

보여주기 그는 그녀가 고개를 높이 든 채 그의 옆을 활보하며 지나는 모습에서 눈을 떼지 못했다. 우와.

| 단점 |

3인칭 깊은 시점을 사용하는 데에는 몇 가지 단점이 따른다.

- **1인칭 시점과 마찬가지로 독자가 시점 인물의 목소리를 마음에 들어 하는지에 모든 것이 달려 있다.** 시점 인물의 목소리를 신경에 거슬리지 않게, 독자의 마음을 사로잡을 만큼 충분히 매력적으로 만들어야 한다.
- **작가 자신과 시점 인물이 전혀 다른 부류의 사람일 경우 3인칭 깊은 시점으로 글을 쓰는 일이 어려울 수 있다.**
- 아무 사건도 일어나지 않는 동안 인물의 생각과 느낌을 늘어놓으며 **인물의 내면에서 지나치게 오랜 시간을 허비하지 않도록 경계해야 한다.** 인물에게 무언가 할 일을 부여하라.
- 1인칭 시점, 3인칭 제한적 시점과 마찬가지로 **인물이 알지 못하는 사실을 언급할 수 없다.** 예를 들어 다른 인물들이 생각하거나 느끼는 바를 드러낼 수 없다.
- **독자에게 정보를 숨기는 일이 까다롭다.** 시점 인물이 무언가를 알고 있고 어떤 장면에서 그 사실에 대해 필연적으로 떠올릴 수밖에 없다면 그 사실을 독자에게 숨겨서는 안 된다. 만약 숨긴다면 이는 독자를 속이는 것이다. 예를 들어 어떤 장면을 "그녀에게는 계획이 있었다."라는 문장으로 끝낸다면 그 계획이 무엇인지 독자에게 말해주어야 한다.

| 장르 |

3인칭 깊은 시점은 현대 소설의 거의 모든 장르에서 점점 더 많이 사용되고 있는 추세다. 특히 로맨스 소설에서 많이 쓰인다.

| 3인칭 깊은 시점이 최고의 선택이 될 수 있을까 |

다음의 경우 3인칭 깊은 시점이 이야기에 가장 잘 어울리는 시점이 될 수 있다.

- 독자가 주인공과 깊이 동일시하길 바란다.
- 플롯 중심이 아닌, 인물 중심의 이야기를 쓰고 있다.

다음의 경우라면 3인칭 깊은 시점을 추천하지 않는다.

- 수많은 인물이 등장하며, 여러 개의 서브플롯이 있고, 여러 곳의 장소를 배경으로 하는 서사 소설을 쓰고 있다.
- 독자가 인물과 비판적 거리를 유지하길 바란다.
- 작가 자신과 주인공이 전혀 다른 부류라서 주인공의 목소리를 올바르게 설정할 자신이 없다.

| 3인칭 깊은 시점으로 소설을 쓸 때의 요령 |

3인칭 깊은 시점으로 소설을 쓰는 일에 어려움을 겪고 있다면 그 문단을 1인칭 시점으로 쓴 다음 나중에 '나'라는 대명사를 인물의 성별에 따라 '그' 혹은 '그녀'라는 대명사로 바꾸어도 좋다.

다음은 3인칭 깊은 시점과 1인칭 시점으로 소설을 쓸 때 유용한 일곱 가지 요령이다.

1. 상태를 인지하는 동사를 피한다

인물이 무언가 인지하거나 생각하는 행위를 묘사하는 동사는 피하라. '보았다', '들었다', '냄새를 맡았다', '느꼈다', '지켜보았다', '알아차렸다', '깨달았다', '알았다', '생각했다' 같은 동사들이다.

> 집으로 들어선 순간 티나는 주방에서 들려오는 낮은 목소리를 들었다.

인지 동사의 문제점은 독자가 시점 인물이 보는 대상 자체에 관심을 쏟기보다는 인물이 무언가를 보는(또는 듣는, 냄새 맡는, 알아차리는) 행위 자체에 주목하게 만든다는 점이다. 생각해보라. 집 앞에 은색 BMW가 주차되어 있다면 '나는 은색 BMW를 보았다'라고 생각하지 않을 것이다. '와, 은색 BMW다'라고 생각할 것이다. 보고 있다는 행위가 아니라 보고 있는 대상에 초점을 맞추는 것이다.

인지 동사를 사용하면 독자는 소설 속 사건을 인물의 눈으로 볼 수 없게 되고, 인물과 함께 경험할 수 없게 된다. 그 대신 외부에서 인물을 관찰하게 된다. 인물의 눈을 통해 '사건'을 보는 것이 아니라, '인물'을 지켜보게 되는 것이다. 그 결과 독자와 인물 사이에 거리가 생긴다. 그러므로 서술적 거리를 좁히기 위해서는 글에서 인지 동사를 배제해야 한다. 인지 동사를 빼고 위의 예를 어떻게 고쳐 쓸 수 있는지 살펴보자.

> 티나가 집으로 들어선 순간 주방에서 낮은 목소리가 흘러나왔다.

인지 동사를 사용한 예와 고쳐 쓴 예를 몇 가지 더 살펴보자.

> **예시** 찰리는 그녀의 안색이 밝아졌다는 사실을 알아차렸다.

고쳐쓰기 그녀의 안색이 밝아졌다.

예시 그가 무슨 말을 했는지 못 들었다는 사실을 깨닫고는 뺨이 달아올랐다.

고쳐쓰기 이런, 그가 무슨 말을 했는지 못 들었다. 뺨이 달아올랐다.

예시 그녀는 그가 평소에도 이렇게 조심성이 많은 사람인지 궁금했다.

고쳐쓰기 그가 평소에도 이렇게 조심성이 많은 사람이었나?

예시 제스는 이게 함정이라는 사실을 깨달았다.

고쳐쓰기 이건 함정이었다!

예시 그녀는 손에서 땀이 배어 나오는 것을 느꼈다.

고쳐쓰기 손에서 땀이 배어 나왔다.

그렇다면 소설에서 인지 동사를 절대 써서는 안 된다는 말인가? 그렇지는 않다. 글쓰기에서의 규칙이 대개 그렇듯 이 규칙에도 예외가 존재한다. 이따금 보고 듣는 대상보다는 보고 듣는 행위 자체를 강조하고 싶을 때가 있다. 또한 어떤 문장에서는 인지 동사를 아예 빼버린다면 문장의 의미가 달라져 혼란스러워지는 경우도 있다.

그렇다 해도 3인칭 깊은 시점이나 1인칭 시점으로 소설을 쓴다면 대부분의 경우 인지 동사는 피하는 편이 좋다. 인지 동사를 사용하는 경우에는 아무 생각 없이 습관적으로 사용하는 것이 아니라 의도적으로 선택하여 사용해야 한다.

2. 생각 꼬리표를 피한다

인지 동사와 마찬가지의 이유로 생각 꼬리표를 사용하지 않는 것이 좋다. 생각 꼬리표란 "그녀는 생각했다", "그는 궁금했다" 같은 표현들이다. 인물의 시점에 깊이 들어가 있다면 소설의 모든 문장은 인물의 인식에서 나오며, 독자는 이미 그것이 인물의 생각이라는 사실을 알고 있다.

예시 더 이상은 참을 수가 없다고 티나는 생각했다. 티나는 그를 쏘아보았다. "여기서 한마디만 더 해봐, 장담하는데 내가…."

"뭘 어쩌려고?" 그가 히죽거렸다. "엄마한테 이르게?"

그녀는 이 녀석이 원래부터 이렇게 재수 없는 자식이었는지 생각했다.

고쳐쓰기 더 이상은 참을 수가 없었다. 티나는 그를 쏘아보았다. "여기서 한마디만 더 해봐, 장담하는데 내가…."

"뭘 어쩌려고?" 그가 히죽거렸다. "엄마한테 이르게?"

이 녀석 원래부터 이렇게 재수 없는 자식이었나?

3. 내적 독백을 작은따옴표로 묶지 않는다

인물의 생각을 작은따옴표로 묶지 말라. 인물의 내적 독백에서도 3인칭 대명사를 유지하라. 3인칭 깊은 시점에서는 묘사와 서술, 인물의 생각이 구분되지 않고 뒤섞여 나타난다.

4. 설명을 피한다

시점 인물은 이미 알고 있는 사실을 굳이 자신에게 설명할 필요가 없다. 그러므로 시점 인물이 어떤 행동을 하는 이유에 대해, 마녀가 등장하는 판타지 소설에서 마녀가 마법의 작동 원리에 대해 설명한다면 이는 시점을 위반하는 것이다. 어떤 경우에는 이런 종류의 시점 위반이 아주 포착하기 어려운 수준에서 발생하기도 한다.

티나는 추워서 몸을 떨었다.

티나는 왜 자신이 몸을 떠는지 알고 있으므로 "추워서"라는 설명을 덧붙일 필요가 없다. 몸을 떠는 이유는 전후의 맥락을 통해 분명하게 드러나야만 한다.

5. 시점 인물의 이름을 과도하게 사용하지 않는다

우리는 나 자신에 대해 생각할 때 '나는'이라고 생각하지, 굳이 내 이름을 떠올리지 않는다. 소설의 인물 또한 마찬가지다. 그러므로 시점 인물의 이름을 지나치게 자주 사용한다면 인물의 눈을 통해 사건을 경험하는 대신 외부에서 그 인물을 관찰하는 것처럼 느껴질 수 있다. 가능하면 되도록 '그' 혹은 '그녀'라는 대명사를 사용하라.

6. 시점 인물이 쓸 법한 호칭을 사용한다

시점 인물이 다른 인물을 부를 때 시점 인물이 사용할 법한 호칭으로 불러야 한다. 예를 들어 대화 혹은 서술에서 시점 인물이 어떤 인물을 스미스 씨라고 부른다면 이는 곧 시점 인물이 이 인물을 잘 알지 못한다는 사실을 암시한다. 그 인물이 시점 인물의 아버지라면 그를 스미스 씨라고 부르지 말라. 성이나 이름 대신 아버지나 아빠, 혹은 시점 인물이 아버지를 부를 때 쓸 법한 호칭을 사용하라.

7. 오감을 활용한다

독자를 인물의 시점으로 깊이 끌어들이기 위해 오감(시각, 청각, 후각, 미각, 촉각)을 활용하라. 인지 동사는 배제하는 걸 잊지 말라.

인지 동사 사용 티나는 모루를 내리치는 망치 소리를 들었다. 불똥이 그녀의 뺨으로 튀어 오르는 것이 느껴졌다. 대장장이가 금속 조각을 물통에 집어넣자 귀청을 찢을 듯한 치익 소리가 들렸다. 수증기 구름이 그녀를 집어삼키는 것이 느껴졌다.

고쳐쓰기 모루를 내리치는 망치 소리가 울려 퍼졌다. 불똥이 티나의 뺨으로 튀어 올랐다. 대장장이가 금속 조각을 물통에 집어넣자 귀청을 찢을 듯한 치익 소리가 났다. 수증기 구름이 솟아올라 그녀를 집어삼켰다.

| 별개의 유형이 아닌 연속체로서의 시점 |

7장에서 설명한 3인칭 제한적 시점과 3인칭 깊은 시점이 실제로 다른 범주로 구분되는 시점이 아니라는 사실을 기억하라. 이 두 시점은 친밀감의 정도에 따라 달라지는 연속적인 개념에 가깝다.

그러므로 가끔 인지 동사나 생각 꼬리표를 슬쩍 사용한다면 이 연속적인 개념에서 서술적 거리가 먼 3인칭 제한적 시점 쪽으로 조금 더 가까워지는 셈이다. 의도적으로 사용하기만 한다면 이는 얼마든지 괜찮다.

3인칭 깊은 시점으로 쓴 작품들

- 수전 브로크만Suzanne Brockmann, 『밤의 품으로Into the Night』
- 딘 쿤츠, 『유일한 생존자Sole Survivor』
- 옥타비아 버틀러, 『새벽Dawn』

연습 #11

❶ 1인칭 시점으로 쓴 단편소설을 한 편 고른다. 직접 쓴 소설도 좋고 좋아하는 작가의 작품도 좋다. 그 작품의 첫 장면을 3인칭 깊은 시점으로 고쳐 써보자.

❷ 이때 '나'를 '그녀' 혹은 '그'로 바꾸는 것처럼 대명사를 바꾸는 것 외에도 고쳐 써야 하는 부분이 있는가?

❸ 1인칭 시점인 원래 장면과 3인칭 깊은 시점으로 고쳐 쓴 장면 중에 어느 장면이 더 마음에 드는가?

연습 #12

❶ 3인칭 깊은 시점(혹은 1인칭 시점)으로 소설을 쓰고 있다면 원고의 첫 장을 주의 깊게 읽으며 '알았다', '알아차렸다', '지켜보았다', '보았다', '들었다', '생각했다', '느꼈다' 같은, 상태를 인지하는 동사를 찾아보라.

❷ 이때 문서 프로그램의 검색 기능을 활용하여 인지 동사를 찾는 것도 방법이다.

❸ 찾은 문장을 인지 동사를 빼고 고쳐 써보라.

9장

3인칭 다중 시점

두 인물이 서로를 묘사한다 vs 시점 전환이 어렵다

이제 이 책에서 설명하는 마지막 시점 유형을 살펴볼 차례다. 여러 명의 시점 인물이 등장하는 3인칭 다중 시점이다.

| 정의 |

3인칭 다중 시점은 '3인칭 제한적 전환 시점' 혹은 '삽화적 3인칭 시점'이라고도 불린다. 기본적으로 이 시점은 '3인칭 제한적 시점' 혹은 '3인칭 깊은 시점'과 동일하다. 다만 시점 인물이 한 명 이상 등장한다는 점이 다를 뿐이다. 소설의 한 부분은 오직 한 인물의 관점에서 이야기가 진행되지만, 이 시점 인물은 장이 바뀌거나 혹은 장면이 바뀔 때마다 달라질 수 있다.

다중 시점의 예로 재와 앨리슨 그레이Alison Grey가 공동 집필한『충분히 먹을 수 있어Good Enough to Eat』의 일부를 살펴보자.

장면의 첫 부분은 로빈의 시점으로 쓰였다. 로빈은 뱀파이어와 비슷한 존재로, 생계를 위해 초자연적 로맨스 소설을 쓴다. 이 장면에서 로빈은 다시는 인간의 피를 마시지 않겠다는 결심을 하고, 어떻게든 도움을 받고 싶은 마음에 알코올 의존증 자가 치료 모임에 참석한다. 그리고 별표로 표시된 장면 분할 뒤에 두 번째 주인공인 앨러나의 시점으로 전환된다. 앨러나는 이 모임에서 자신의 중독 경험을 털어놓는다.

"오늘의 발표자가 자신의 이야기를 들려주겠습니다. 여러분, 앨러나를 반갑게 맞아주세요."

'예쁜 이름인데.' 로빈은 나중에 소설의 등장인물 이름으로 써먹을 수 있도록 뒷주머니에 넣고 다니는 수첩을 꺼내 이름을 적어두고 싶은 충동에 몸이 근질거렸다. 하지만 방 앞쪽의 작은 연단을 향해 성큼성큼 걸어가는 여자의 모습을 본 순간 수첩에 대해서는 그만 잊고 말았다.

앨러나는 그 이름만큼이나 아름다웠다. 잘 가꾸어진 몸매에 예쁘장한 얼굴, 머리칼은 구릿빛으로 반짝였다. 어디를

봐도 알코올 중독자처럼은 보이지 않았다. 하지만 로빈은 외모가 사람을 기만할 수 있다는 사실을 너무나 잘 알고 있었다. 이 방 안에 있는 어느 누구도 그녀가 앨러나의 경동맥에 이빨을 박아 넣고 싶은 충동을 품고 있다고는 생각하지 않을 것이었다.

앨러나의 발걸음은 흐트러짐 없이 차분했고 연단 뒤에 설 때까지 눈길 한 번 흔들리지 않았다. 하지만 로빈은 앨러나가 긴장해서 흘리는 땀 냄새를 맡을 수 있었고 동맥과 혈관의 피가 고동치며 그녀를 부르는 소리를 들을 수 있었다. 앨러나의 목에서 펄떡이는 맥박 소리가 그녀를 조롱했다. "나를 물어! 나를 물라니까!" 맥박 소리가 마치 고함을 지르는 듯했다.

설상가상으로 앨러나한테는 마이너스 O형의 냄새가 났다. 로빈이 가장 좋아하는 혈액형이었다. 그녀에게 마이너스 O형의 피는 하겐다즈 아이스크림 파인트 한 통에 더블 치즈를 얹은 라지 사이즈 피자, 초콜릿 케이크 한 조각이 한 접시 위에 올라 있는 것과 마찬가지였다.

'맛있겠다. 디저트가 방금 나왔어.' 로빈의 머릿속에서 이상할 만큼이나 메건처럼 들리는 목소리가 말했다.

갈증이 솟구쳤다. 혀끝에 부드럽고 소금기 어린 알싸한 맛이 느껴졌다. '그만 좀 해.' 그녀가 여기에 온 것은 충동을 억누르기 위해서이지 탐닉하기 위해서가 아니었다. 앨러나에게서 억지로 눈길을 잡아뗀 다음 그녀는 방 안에 있는 의자의 개수를 세기 시작했다. 탁자에 남아 있는 도넛의 개수, 벽에 붙은 포스터에 쓰인 회복의 열두 단계 문장 속 음절의 개수, 앨러나가 입은 블라우스의 단추 개수.

무언가에 씌운 사람처럼 그녀의 시선은 계속해서 앨러나에게로 돌아갔다. 마침내 그녀는 앨러나를 무시하려는 노력을 그만두고 앨러나가 하는 이야기에 귀를 기울였다.

***

앨러나는 양 손으로 연단을 짚었다. 손가락으로 무언가 단단한 것을 만지고 있으면 대개는 마음이 가라앉지만 오늘만은 그 방법도 소용이 없었다. 청중에게 시선을 돌리자 오늘 처음 모임에 나온 두 사람에게 눈길이 향했다.

초조해 보이는 10대 소년은 발을 동동 구르며 자기 무릎을 내려다보고 있었다. 한편 새로 온 여자는 앨러나에게 시선을 던졌고, 그 눈길이 얼마나 강렬한지 몸이 움찔할 정도였다. 짧은 듯한 짙은 갈색 머리칼과 창백한 피부에는 실제로 특이한 데라고는 없었다. 오히려 그 반대였다. 짙은 파란색의

> 눈빛을 제외하면 새로운 여자한테는 눈길을 끄는 데가 전혀 없었다. 하지만 이만큼 멀리에서도 앨러나는 그 여자에게 어딘가 어긋난 데가 있다는 것을 감지할 수 있었다.

시점을 전환하면서 나는 두 인물이 각자의 시선으로 서로의 모습을 묘사하게 만들 기회를 얻었다. 나는 독자가 앨러나의 긴장감을 직접 경험하도록 만들고 싶었기 때문에 앨러나가 자신의 이야기를 시작하기 직전에 시점을 전환했다. 대부분의 사람들이 대중 앞에서 이야기할 때의 두려움에 공감하기 때문에 여기에서의 시점 전환은 독자가 앨러나와 유대감을 형성하는 데에도 도움이 된다.

| 전지적 시점과 3인칭 다중 시점의 차이점 |

3인칭 다중 시점은 전지적 시점과는 다르다. 3인칭 다중 시점에는 전지적 존재의 화자가 없다. 독자는 각각의 장면에서 단 한 명의 인물이 생각하는 것만을 접하고 그 인물의 감정만을 경험한다. 어떤 작가들은 한 챕터 안에서는 한 명의 시점 인물을 계속 유지하는 것을 선호하기도 한다.

머리 넘나들기 함정을 다루는 장에서 3인칭 다중 시점과 전지적 시점의 차이점에 대해 좀 더 자세하게 살펴볼 것이다.

| 목소리 |

다중 시점에서는 3인칭 제한적 시점과 3인칭 깊은 시점을 쓰는 여러 명의 시점 인물이 등장할 수 있다. 목소리는 중립적이거나 시점 인물의 목소리가 될 것이다. 이 말은 곧 장면마다, 혹은 챕터마다 이야기를 풀어놓는 목소리가 달라지게 된다는 뜻이다.

| 장점 |

3인칭 다중 시점으로 소설을 쓰면 몇 가지 장점이 있다.

- **독자는 한 명 이상의 인물과 친밀하게 알아갈 수 있다.**
- **긴장감과 서스펜스를 불러일으킬 수 있다.** 미스터리나 스릴러 소설이라면 작가는 범인의 시점에서 어떤 장면을 쓰면서 주인공은 미처 알지 못하는 범인의 계획을 독자에게 알려줄 수 있다. 예를 들어 범인이 주인공의 자동차 아래에 폭탄을 설치하는 장면을 보여주고 다음 장면 혹은 다음 장에서 주인

공의 시점으로 전환한 다음 주인공이 자동차에 올라타는 모습을 보여주는 것이다. 로맨스 소설에서는 주인공들이 상대에 대해 편견을 쌓아가는 장면을 보여주면서 서스펜스를 조성할 수 있다. 이 편견들은 두 사람이 처음 마주하는 순간 서로 충돌하게 될 것이다. 또한 한 시점 인물이 위험에 처한 상황에서 다른 인물로 시점을 전환함으로써 클리프행어를 만들 수도 있다.

- **독자에게 전달하는 정보를 제한할 수 있다.** 예를 들어 독자에게 어떤 비밀을 숨기고 싶다면 그 사실을 알지 못하는 인물의 시점에서 그 장면을 쓰면 된다.
- **인물 각각의 모습을 다른 인물의 시점에서 묘사할 수 있다.** 한 인물의 시점에서만 책을 쓴다면 독자에게 그 시점 인물의 외모에 대해 알려주기가 한층 까다로워진다.
- **시점 인물이 여러 명이기 때문에 각기 다른 장소에서 벌어지는 사건들을 보여줄 수 있다.**
- **소설의 모든 장면마다 주인공이 등장할 필요가 없다.** 주인공이 그 자리에 없어서 어떤 사건을 목격하지 못한다 해도 다른 인물의 시점을 통해 그 사건에 대해 이야기할 수 있다.
- **다중 시점을 통해 독자는 한층 폭넓은 시야를 확보하고 좀 더 완전한 형태의 그림을 볼 수 있다.** 예를 들어 여러 시점 인물

들이 주인공을 각기 다른 방식으로 생각할 수 있기 때문에 인물이 지닌 여러 다양한 층위를 보여줄 수 있다.

| 단점 |

한 편의 소설에 여러 명의 시점 인물을 등장시키는 일에는 몇 가지 단점이 따른다.

- **다중 시점으로 쓴 소설은 단일 시점 인물이 등장하는 소설에 비해 각 인물과의 친밀감이 떨어진다.** 단일 시점 소설에서는 독자가 주인공의 내면에서 좀 더 긴 시간을 함께 하기 때문에 주인공과 자신을 밀접하게 동일시하기 마련이다. 반면에 시점 인물이 많이 등장할수록 독자와 각 인물 간의 친밀감이 옅어질 수밖에 없다.
- **깊은 시점으로 작품을 쓰고 있다면 적어도 두 명 이상의 서로 다른 목소리를 능숙하게 구사할 수 있어야 한다.** 인물들이 사용하는 어휘와 문법 형태는 인물 나름의 개성을 지니고 있어야 하며 같은 인물의 말처럼 들려서는 안 된다. 이 작업을 믿을 수 없을 만큼 훌륭하게 구사한 작품으로는 바바라 킹솔버가 쓴 『포이즌우드 바이블』이 있다.

- **시점 전환을 신중하게 수행하지 않으면 독자는 자신이 누구의 시점에 있는지 갈피를 잡지 못할 것이다.** 머리 넘나들기 함정을 다루는 장에서 이를 피하는 요령을 좀 더 자세히 알아볼 수 있다.
- **시점을 전환할 때마다 이야기가 앞으로 나아가는 기세가 다소 약해진다.**

| 장르 |

여러 명의 시점 인물이 등장하는 3인칭 제한적 시점은 로맨스 소설에서 전형적으로 사용되는 시점이다. 다중 시점을 통해 독자는 두 명의 주인공을 모두 잘 이해하게 된다.

이 시점은 서스펜스 소설에서도 자주 사용된다. 예를 들어 미스터리나 스릴러 소설에서 작가가 어떤 장면들을 범인의 시점에서 쓰고 싶은 경우 사용할 수 있다.

| 3인칭 다중 시점이 최고의 선택이 될 수 있을까 |

다음의 경우 3인칭 다중 시점이 이야기에 가장 잘 어울리는 시점이 될 수 있다.

- 동등하게 중요한 두 명의 주인공이 등장한다.
- 주인공이 알지 못하는 정보를 독자에게 전달하는 방식으로 서스펜스를 불러일으키고 싶다.

다음의 경우라면 3인칭 다중 시점을 추천하지 않는다.

- 주인공은 단 한 명뿐이며 다른 인물들은 그저 조연에 그친다.

| 3인칭 다중 시점에서 시점을 전환하는 방법 |

3인칭 다중 시점으로 소설을 쓸 때 까다로운 과제 중 하나는 독자를 혼란스럽게 하지 않으면서 시점을 전환하는 일이다.

여기에서 시점 전환을 제대로 수행하는 몇 가지 요령을 설명한다.

- **독자를 혼란스럽게 하지 않으려면 한 장면이 진행되는 중간에 시점을 전환하지 않는다**(이것이 바로 머리 넘나들기다). 장이 바뀌거나 장면이 바뀌는 곳에서만 시점을 전환하라. 장면을 바꾸어 다음 장면으로 넘어간다면 독자는 시간과 장소, 시점이 바뀌리라고 예상하게 된다.

- **다중 시점으로 소설을 쓰고 있다면 소설 초반에 다중 시점 양식을 확립한다.** 한 인물의 시점에서만 처음 10장을 쓴 다음 갑자기 다른 인물로 시점을 전환해서는 안 된다는 뜻이다.
- **시점 인물의 수를 제한한다.** 어떤 인물의 시점에서 이야기를 풀어나간다는 것은 곧 그 인물이 이야기에서 중요한 역할을 한다고 말해주는 것과 같다. 그러므로 시점 인물이 되는 특권을 조연 인물이 아닌, 중요한 인물에게만 부여하라.
- **시점을 지나치게 자주 전환하지 않는다.** 어느 한 인물의 내면에 아주 짧게만 머문다면 독자는 그 인물과 유대감을 형성할 시간이 부족하다. 독자는 한 인물의 생각과 느낌을 길게 공유할 때 그 인물과 자신을 동일시하기 시작한다.
- **시점을 전환할 때마다 누구의 시점인지 분명하게 밝힌다.** 각 장면이 시작하자마자 즉시, 가능하다면 바로 첫 문장에서 누구의 시점으로 이야기가 진행되는지 명확히 하라. 누구의 시점인지 알려주지 않은 채 행동이나 묘사 단락을 쓰지 않는다. 이를 위해서는 첫 문장에서 시점 인물의 이름을 언급한 다음 가능한 한 빠른 시기에 그 인물의 내면으로 독자를 데려가야 한다.
- **시점 인물들을 균형 있게 등장시킨다.** 장면이나 장마다 시점 인물을 차례대로 번갈아 등장시키거나 시점 인물별로 장면

을 똑같이 배분할 필요까지는 없다. 하지만 어떤 인물의 시점에 들어가지 않은 채 지나치게 오랜 시간이 흐르지 않도록 유의하라.

| 시점 인물의 수를 결정하기 |

여러 시점 인물이 등장하는 3인칭 제한적 시점으로 소설을 쓰고 있다면 작품에 시점 인물을 몇 명이나 등장시켜야 할지 결정해야 한다. 일반적으로는 가능한 한 시점 인물의 수를 줄이는 것이 원칙이다. 시점 인물이 많아질수록 독자 입장에서는 한 인물의 시점에 머무는 시간이 줄어들게 되어 각각의 인물과 친밀해지기 더 어렵기 때문이다.

대부분의 경우 주인공에게만 시점을 부여하고 조연 인물에게는 부여하지 않는 것이 바람직하다. 시점 인물이 서너 명 이상 등장하는 작품이 성공을 거두는 경우는 극히 찾아보기 어렵다. 대부분의 소설에서 시점 인물은 두 명이면 충분하다. 예를 들어 로맨스 소설에서는 두 명의 연인이 될 테고, 스릴러 소설에서는 주인공과 악당이 될 것이다.

시점 인물을 몇 명 등장시켜야 할지 결정하기 위한 첫 번째 단계는 주인공이 누구인지 규정하는 일이다. 주인공이란 자신의 목표로 플롯을 이끌어나가는 인물이며 이야기가 진행되는 과정에서 가장 많이 변화하는 인물이다. 동등하게 중요한 역할을 하는 두 명의 주인공이 나오는 소설도 있지만 대부분의 경우 한 인물이 좀 더 중요한 역할을 수행하게 된다.

두 번째 단계는 이야기가 다루는 범위를 고려하는 것이다. 소설의 모든 장면을 주인공의 시점에서 이야기할 수 있는가? 혹은 주인공이 그 장소에 없어서 어떤 사건을 목격하지 못하기 때문에 다른 시점으로 이야기해야 하는 장면들이 있는가?

| 각각의 시점 인물이 등장하는 장면의 수를 결정하기 |

소설에서 각 시점 인물이 몇 장면씩 등장해야 하는지 정해 놓은 엄밀한 규칙 같은 것은 없다. 당연하겠지만 주인공은 가장 많은 장면의 시점 인물이어야 할 것이다. 또한 주인공은 소설을 시작하는 첫 장면의 시점 인물이어야 한다. 이를 통해 독자는 이 이야기가 누구의 이야기인지 알게 된다.

두 명의 시점 인물이 등장하는 경우 두 인물에게 장면을 똑같이 배분할 필요까지는 없다. 하지만 한 인물의 시점이 지나치게 오랫동안 등장하지 않아서는 안 된다.

책 전체에 걸쳐 한두 장면에서만 시점이 부여되는 인물이 있다면 이 인물에 대해 다시 생각해볼 필요가 있다. 예를 들어 소설의 3장에서 어떤 인물의 시점으로 한 장면을 이야기한 다음 다시는 그 인물의 시점이 나오지 않는다면 독자는 그 인물의 이야기가 제대로 매듭지어지지 않았다고 생각할 것이다.

| 시점 인물을 선택하는 법 |

자, 그렇다면 각 장면마다 어떤 시점 인물을 선택해야 하는가? 이것은 아주 중요한 문제이며, 특히 강렬한 인상을 주어야 하는 장면에서는 더더욱 그렇다. 예를 들어 소설을 여는 첫 장면, 절정 장면, 가장 마지막 장면, 애정 장면 같은 곳이다.

시점 인물을 선택하는 데 도움이 될 만한 몇 가지 고려 사항들을 살펴보자.

- **이해관계**: 이 장면에서 누가 가장 많은 것을 얻거나 잃게 될 것인가? 대부분의 경우 가장 잃을 것이 많은 인물의 눈을 통해 각각의 장면을 풀어나가야 한다.
- **영향**: 이 장면의 사건으로 가장 큰 변화를 겪게 될 인물이 누구인가?
- **개입 정도**: 이 장면에서 가장 활동이 많은 인물이 누구인가?

이 장면을 이끄는 것은 누구의 목표인가? 그저 수동적인 관찰자에 가까운 인물은 그 장면에 가장 적합한 시점 인물이 아닐 가능성이 높다.

- **감정**: 이 장면에서 가장 강렬하거나 흥미로운 감정을 경험하는 인물은 누구인가? 가장 강렬한 감정을 경험하는 인물이 아마도 그 장면에 맞는 최적의 시점 인물일 것이다. 특히 몸짓언어나 얼굴 표정만으로 그 인물의 감정을 뚜렷하게 드러낼 수 없는 경우에 더더욱 그렇다.
- **동일시**: 독자가 어떤 인물과 동일시하기를 바라는가? 독자가 어떤 인물의 내면에서 더 많은 시간을 보낼수록 그 인물과의 유대감이 깊어진다.
- **서스펜스**: 독자에게 숨기고 싶은 정보를 모르고 있는 인물은 누구이며, 독자에게 알려주고 싶은 정보를 갖고 있는 인물은 누구인가? 시점 인물을 올바르게 선택한다면 독자에게 알려주는 정보를 제한할 수 있다. 어떤 특정 정보를 독자에게 좀 더 숨겨두고 싶다면 그 정보를 알지 못하는 인물을 시점 인물로 선택할 수 있다. 시점 인물이 알고 있는 정보, 혹은 자연스럽게 떠올릴 법한 정보를 숨기는 것은 독자를 속이는 행위라는 사실을 명심하라.
- **묘사**: 독자에게 알리고 싶은 세부 사항을 알아차릴 만한 인물

이 누구인가? 예를 들어 어떤 배경의 모습이나 인물의 모습을 묘사하고 싶다면 그에 대해 잘 알지 못하는 시점 인물을 등장시켜 대상 인물이나 배경의 모습을 눈여겨볼 법한 정당한 이유를 마련하라.

- **동기**: 행동이나 대화로는 드러나지 않는, 어떤 인물의 동기를 보여줄 필요가 있는가?
- **숨은 의미**: 외적인 말이나 행동이 내면의 생각과 모순되는 인물이 있는가? 어떤 인물이 머릿속에서는 어떤 생각을 하면서 입으로는 그와 다른 말을 하고 있다면 그 장면을 그 인물의 시점에서 풀어나가고 싶을지도 모른다.

이 모든 항목을 고려한 후에도 여전히 고민이 된다면 각 인물의 시점이 등장한 지 얼마나 되었는지 따져보아도 좋다. 어떤 인물의 시점에서 이야기를 풀어간 지 오래되었다면 그 인물의 시점으로 돌아가 독자가 다시 그 인물과 연결될 수 있도록 해주어야 한다.

3인칭 다중 시점으로 쓴 작품들

- 발 맥더미드, ‘토니 힐과 캐롤 조던Tony Hill & Carol Jordan’ 시리즈
- 플레처 드랜시Fletcher DeLancey, 『체면 차리지 않고Without a Front』
- 조지 R. R. 마틴, 『왕좌의 게임』
  → 이 작품에서는 아홉 명의 시점 인물이 등장한다.

연습 #13

❶ 3인칭 다중 시점으로 쓴 소설을 찾아 읽어보자.

❷ 그 작품에는 시점 인물이 몇 명이나 등장하는가?

❸ 저자가 언제, 어떤 식으로 시점을 전환하는지 눈여겨보고 시점 전환이 일어나는 곳을 표시하라. 저자는 각 장을 새로 시작할 때만 시점을 전환하는가? 혹은 장면마다 시점이 바뀌는가? (그렇지 않기를 바라지만 혹시라도 한 장면 안에서 시점이 바뀌기도 하는가?)

❹ 각각의 장이나 장면을 시작하는 곳에서 저자는 어떤 방식으로 시점을 확립하는가? 누구의 시점에서 이야기를 풀어나가는지 파악되지 않는 곳이 한 곳이라도 있는가?

연습 #14

❶ 3인칭 다중 시점으로 작품을 쓴 적이 있다면, 시점에 집중하여 주의 깊게 다시 읽어보자.

❷ 시점 인물이 몇 명이나 등장하는가? 시점 인물이 세 명 이상인 경우, 그 인물들이 실제로 모두 필요한가? 시점 인물을 줄여 다시 고쳐 쓸 수 있는가?

❸ 각 장면을 시작하는 곳에서 곧바로 시점을 분명하게 확립했는가?

❹ 시점을 얼마나 자주 전환하는가? 독자가 한 인물과 충분히 유대감을 쌓을 수 있을 만큼 그 인물의 시점에 충분히 오래 머무는가? 장면의 길이가 짧은데, 장면마다 시점을 바꾼다면 시점을 지나치게 자주 전환하는 것일 수 있다. 독자가 한 인물의 시점에 충분히 오래 머물 수 있도록 글을 고쳐 쓰라.

❺ 다른 인물의 시점에서 이야기한다면 좀 더 강렬한 인상을 줄 수 있을 법한 장면이 있는가? 그렇다면 그 장면의 시점 인물을 바꾸어 고쳐 쓴 다음 두 장면 중 무엇이 더 좋은지 결정하라.

2부

응용

함정을 피하고 내 작품의 시점 찾기

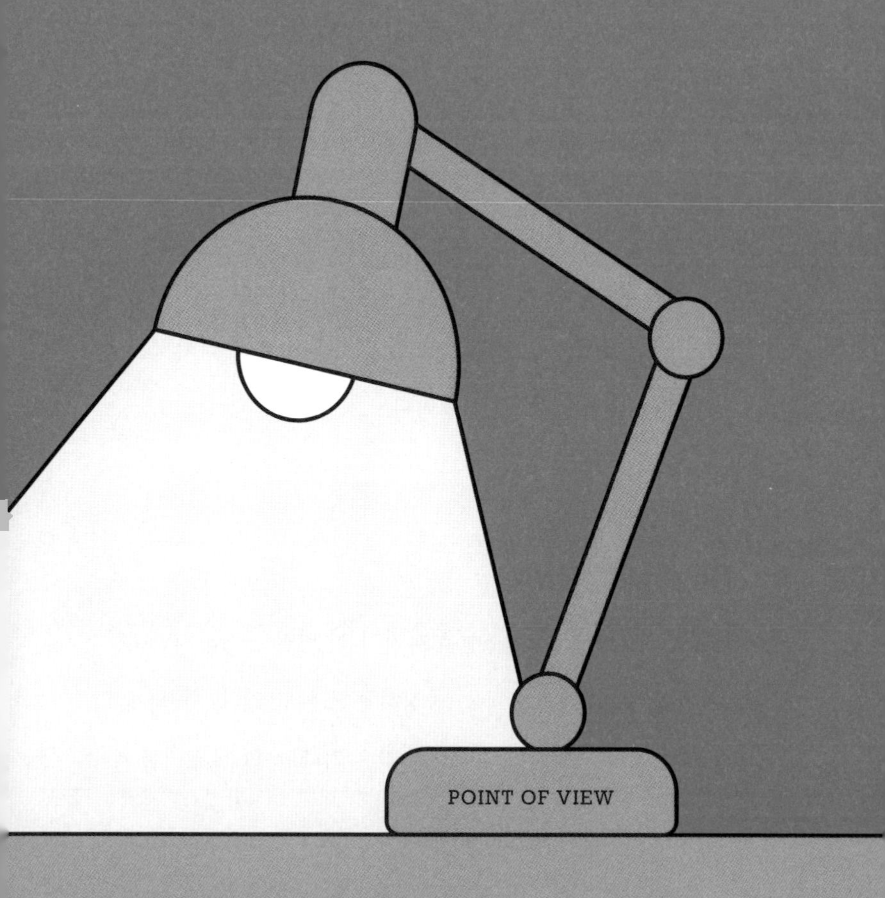

10장
시점 유형의 조합

1인칭 시점과 3인칭 시점을 조합하여 사용하기

이제 두 가지의 시점을 조합하여 사용하는 방법을 배울 차례다. 시점을 조합하는 방식에는 보통 두 가지가 있다. 같은 책에서 여러 명의 1인칭 화자를 두는 방법과 1인칭 화자와 3인칭 화자를 동시에 두는 방법이다.

| 1인칭 다중 시점 |

대부분의 1인칭 시점 소설은 화자가 한 명만 등장하지만 1인칭 화자가 두 명(혹은 그 이상) 등장하는 소설도 있다. 한 책에 1인칭 화자를 여러 명 등장시키는 것은 각 화자의 목소리를 뚜렷하게 구분 지어야 하기 때문에 쉽지 않은 일이다. 그래서 신인작가에게는 이 방법을 권하지 않는다.

여기에서 명심해야 할 가장 중요한 사항은 독자가 누구의 입장에서 이야기를 경험하는지에 대해 혼란을 주어서는 안 된다는 점이다. 주인공들이 전부 '나'라는 대명사를 사용하고 있기 때문에 이를 제대로 해내기란 결코 쉽지 않다.

다음은 1인칭 화자가 여러 명 등장하는 소설을 써보려는 이들을 위한 몇 가지 요령이다.

- 장면이 바뀌는 곳에서는 시점을 전환하지 않으며, 장이 바뀌는 곳에서만 시점을 전환한다.
- 각 장의 가장 첫 부분에 시점 인물의 이름을 명시하는 것이 좋다.
- 각각의 시점 인물들에게 다른 시점 인물과는 명확히 구분되는 개성 있는 목소리를 부여한다.

| 1인칭 시점과 3인칭 시점을 조합하는 법 |

1인칭 화자와 3인칭 화자를 조합하여 사용할 수도 있다. 이런 혼합 시점은 서스펜스 소설에서 많이 찾아볼 수 있다. 예를 들어 어떤 작가들은 악당의 정체를 숨기기 위해 악당 시점의 장면을 1인칭 시점으로 쓴다. 1인칭 시점에서는 '나'라는 대명사만을 사용하기 때문에 악당의 이름이나 성별을 밝히지 않고 넘어갈 수 있다.

한편 어떤 미스터리 소설 작가들은 이를 반대로 활용하기도 한다. 탐정에게 1인칭을 부여하고 악당에게 3인칭을 부여하여 독자들이 주인공에게 친밀감을 느끼고 악당에게는 거리감을 느끼도록 만드는 것이다.

1인칭 다중 시점을 사용하는 작품들

- 세라 워터스, 『핑거스미스』
  → 두 명의 1인칭 화자가 등장한다.
- 캐스린 스토킷, 『헬프』
  → 세 명의 1인칭 화자가 등장한다.
- A. S. 킹, 『제발 모른 척해 줘』
  → 네 명의 1인칭 화자가 등장하는데, 여기에는 건물 자체의 시점도 포함된다!
- 바바라 킹솔버, 『포이즌우드 바이블』
  → 다섯 명의 각기 다른 1인칭 화자가 등장한다.
- 조디 피코, 『마이 시스터즈 키퍼』
  → 일곱 명의 1인칭 화자가 각기 다른 글꼴로 등장한다.

1인칭 시점과 3인칭 시점을 조합하여 사용하는 작품들

- 다이애나 개벌든Diana Gabaldon, 『호박 속의 잠자리Dragonfly in Amber』, 『항해자Voyager』, 『가을의 북Drums of Autumn』
  → 여자 주인공의 시점은 1인칭이며 남자 주인공의 시점은 3인칭이다.

- 카린 칼메이커Karin Kallmaker, 『와일드 싱즈Wild Things』

- 제임스 패터슨, '알렉스 크로스Alex Cross' 시리즈
  → 탐정의 시점은 1인칭이며 악당들의 시점은 3인칭이다.

- 니콜라 그리피스Nicola Griffith, 『느린 강Slow River』
  → 이 작품에서는 시점 인물 한 명의 생애를 세 시기에 걸쳐 다룬다. 한 시기는 1인칭 시점으로 썼고, 다른 한 시기는 3인칭 시점의 과거 시제, 나머지 한 시기는 3인칭 시점의 현재 시제로 썼다.

- 제니퍼 이건, 『깡패단의 방문』
  → 이 작품의 몇몇 장은 1인칭 시점으로 썼고, 몇몇 장은 3인칭 시점으로 썼다. 심지어 2인칭 시점으로 쓴 장도 있다.

연습 #15

이 장에서 언급된 작품 중 한 권을 골라 읽어보자. 작가는 어떤 방식으로 각기 다른 인물들 사이에서 시점을 전환하는가? 작가는 어떤 방식으로 한 시점 인물의 목소리를 다른 시점 인물의 목소리와 구분 짓는가?

11장
서술적 거리

시점이 연속적인 개념인 이유

이 장에서는 각각의 시점 유형들이 서로 어떻게 연결되어 있는지 알아보자. 이를 통해 시점을 전혀 다른 각도에서 보는 법을 배울 수 있을 것이다.

지금까지 나는 각각의 시점 유형들이 별개의 다른 범주에 속한 것처럼 설명했다. 하지만 시점 유형은 명확하게 구분된 범주로 나누어지지 않는다. 시점은 실제로 연속적인 개념에 가깝다. 이 연속적인 개념에서 각각의 시점 유형이 어디에 속하는지는 다음 두 가지 항목에 따라 결정된다.

• 독자가 주인공에게 느끼는 친밀감
• 작가가 독자와 공유하는 정보

이 연속적 개념의 한쪽 극단에는 1인칭 시점, 3인칭 깊은 시점 같은 친밀한 종류의 시점이 있다. 이 시점에서 독자는 인물에게 아주 가깝게 다가가거나 인물의 내면에 상주하며 소설 속 사건을 직접 경험한다. 그러나 한편으로 독자는 친밀감을 얻은 만큼 정보를 잃는다. 작가는 1인칭 시점으로 쓰인 소설에서 시점 인물이 아닌 다른 인물이 무슨 생각을 하는지, 어떤 기분을 느끼는지 독자에게 알려줄 수 없다. 따라서 독자는 소설에서 벌어지는 사건들에 대해 폭넓은 시야를 가질 수 없다.

이 개념의 반대편 극단에는 전지적 시점처럼 거리감이 먼 시점이 있다. 이 시점에서 독자는 폭넓은 시야로 이야기 속 사건들을 목격한다. 모든 사건들은 신과 같은 존재인 화자를 통해 독자에게 전해진다. 독자는 인물의 내면에 들어가지도 않고 인물과 가까워지지도 않지만, 그 대신 작가는 독자에게 등장인물 중 누구도 알지 못하는 정보를 전달할 수 있다.

물론 여기에 이 두 가지 극단적인 시점만 존재하는 것은 아니다. 시점 유형은 이 연속적 개념의 어느 곳에도 위치할 수 있다.

가장 중요한 시점 유형들이 여기에서 어디쯤에 속하는지 살펴보자.

적다	친밀감 →	많다
많다	← 정보	적다

전지적 시점 3인칭 다중 시점 3인칭 단일 시점 3인칭 깊은 시점 1인칭 시점

| 서술적 거리 |

인물과 독자 사이의 정서적 거리, 혹은 친밀감의 정도를 '서술적 거리narrative distance'라고 한다. 존 가드너는 『소설의 기술』에서 이를 '심리적 거리'라고 불렀다. 다르게 설명하자면 서술적 거리는 독자가 인물의 내면에 얼마나 깊게 들어갈 수 있는지를 가리킨다. 이를 줌 렌즈라고 생각해도 좋다. 이 렌즈를 통해 우리는 인물에게 가깝게 다가가 그의 감정을 공유하고 소설 속 사건을 직접 경험할 수 있다(서술적 거리가 가깝다). 혹은 뒤로 물러나 인물과 거리를 둔 채 소설 속 세계를 조감할 수도 있다(서술적 거리가 멀다).

어쩌면 이런 설명이 복잡하게만 들릴지도 모른다. 다양한 예시를 통해 서술적 거리를 좀 더 명확하게 이해해 보도록 하자.

예시 1 2016년 어느 월요일 아침, 키가 큰 여자가 병원의 대기실에 앉아 있었다.

1단계에서 서술적 거리는 아주 멀다. 우리는 먼 곳에서 인물을 지켜본다. 하지만 멀기 때문에 상황을 전체적으로 볼 수 있으며 덕분에 상황에 대해 좀 더 많은 정보를 알게 된다. 예를 들어 날짜와 장소 같은 정보다.

예시 2 티나 스미스는 병원 대기실을 좋아한 적이 없었다.

2단계에서 우리는 인물에게 한걸음 다가간다. 인물의 이름과 그가 어떤 기분인지 알게 되지만 여전히 외부에서 인물을 관찰하고 있으며 인물과 함께 그 감정을 경험하지는 않는다. 1단계에서 알 수 있던 정보의 일부가 2단계에서는 소실된다. 우리는 더 이상 날짜를 알 수 없다.

예시 3 티나는 병원 대기실이 질색이었다.

3단계에서 우리는 인물에게 한층 더 가깝게 다가간다. 친근하게 이름을 사용하고 인물의 내면과 좀 더 가까운 곳에서 인물을 보기 시작한다.

예시 4 아이고, 이제 남은 생애 동안 병원 대기실에 다시는 못 온다 해도 그녀는 전혀 미련이 없었다.

4단계에서 우리는 확실하게 인물의 내면으로 들어온다. 서술에는 인물의 목소리와 감정이 스며 있다. 여기에서 보다시피 우리는 정보를 희생하며 친밀감을 얻는다. 이 단계에서는 인물의 이름이나 날짜를 알 수 없다.

예시 5 기다리고, 또 기다리고. 어쩌면 그녀가 미칠 것 같은 기분이 드는 것은 보기만 해도 토가 나올 것 같은 초록색 벽 때문일지도 모른다. 벽을 다시 칠했나? 아니면 시계의 초침이 돌아가는 소리 때문일지도. 초침 소리가 너무 크게 들렸다. 어쩌면 병원에 온 김에 청력 검사를 받아보는 편이 좋을지도 모르겠다.

5단계는 의식의 흐름이라고 불린다. 이 단계에서는 머릿속에서 사고가 진행되는 과정을 재현한다. 생각의 흐름을 따라가기란 항상 쉽지만은 않으며 이따금 이 주제에서 다른 주제로 갑작스럽게 건너뛰기도 한다.

자, 그렇다면 어떤 서술적 거리를 선택하는 것이 가장 좋은가? 일반적으로 오늘날의 소설은 19세기 소설보다 한층 가까운 서술적 거리에서 쓰인다. 하지만 그렇다고 해서 소설 전체에 걸쳐 서술적 거리를 동일하게 유지해야 한다는 뜻은 아니다.

| 서술적 거리의 단계를 전환하는 법 |

1인칭 시점과 3인칭 깊은 시점에서 서술적 거리는 시종일관 가깝게 유지된다. 한편 3인칭 제한적 시점에서는 서술적 거리가 소설 전체에 걸쳐 달라질 수 있다. 카메라의 줌 렌즈처럼 인물에 가깝게 다가갈 수도 있고 멀리 떨어질 수도 있다.

소설의 서두 혹은 장의 시작 부분에서 광각 숏으로 마을 전체의 모습을 찍듯이 서술적 거리를 멀리 유지한 채 이야기를 시작할 수 있다. 그다음 카메라를 좀 더 가깝게 움직이며 마침내 근접 촬영을 하듯 인물에게 밀접하게 다가가는 것이다. 이야기의 초점을 전환하기 위해 한발 뒤로 물러났다가 다시 다른 무언가로 밀접하게 다가갈 수도 있다.

그렇다고 해서 서술적 거리를 마음 내키는 대로 이 단계에서 저 단계로 마구 건너뛰어도 좋다는 뜻은 아니다. 아마도 소설 전반에 걸쳐 앞에서 설명한 3단계 혹은 4단계로 서술적 거리를 유지하게 될 것이다. 서술적 거리를 지나치게 자주, 서둘러 바꾼다면 독자는 혼란스러워할 것이다. 그러므로 서술적 거리를 전환할 때는 한 단계씩 차근차근 바꾸도록 유의해야 한다. 예를 들어 1단계에서 갑자기 3단계로 건너뛰어서는 안 된다.

키가 큰 여자가 숲 속을 달렸다. 셔츠가 나뭇가지에 걸리면서 그녀는 비틀거렸다. 이런 젠장.

첫 문장의 서술적 거리는 아주 먼데, 다음 문장에서 바로 인물의 내면으로 들어간다. 이처럼 1단계에서 4단계로 바로 건너뛴다면 독자는 신경을 거슬린 나머지 이야기에 몰입하지 못할 것이다.

| 서술적 거리를 조절하는 기술 |

- **어휘와 문법을 활용한다**: 서술에서 사용하는 어휘와 문법에 시점 인물의 성격과 배경, 감정을 얼마나 반영하는지에 따라 서술적 거리가 결정된다. 인물이 사용할 법한 단어, 인물의 감정에 걸맞은 표현을 사용한다면 서술적 거리를 가깝게 좁히는 셈이다. 서술에 사용되는 언어가 인물의 것이 아니며 묘사에 인물의 감정이 배어 있지 않다면 서술적 거리를 멀게 유지하고 있는 것이다.

예시 1 눈이 20센티미터 내렸다.

이 문장에서 언어는 상당히 중립적이며 그러므로 서술적 거리가 멀다고 볼 수 있다. 다음 문장과 비교해보자.

예시 2 너울거리며 땅 위로 내려오는 눈송이가 하얀 담요처럼 세상을 덮자 낡은 집조차 마치 아무도 손대지 않은 새 집처럼 보였다.

예시 3 굵은 눈발이 땅을 집어삼켰다.

시점 인물의 감정에 대해서는 어떤 언급도 없지만 우리는 눈 내리는 풍경을 바라보는 방식에서 인물이 어떤 기분인지 짐작할 수 있다. 두 번째 예의 긍정적인 동사와 이미지("너울거리며", "담요", "손대지 않은")에서는 이 시점 인물이 눈을 좋아한다는 사실을 짐작할 수 있다. 세 번째 예에서는 시점 인물이 눈을 싫어한다는 사실을 짐작할 수 있다. 이 두 가지 예는 첫 번째 예보다 서술적 거리가 좀 더 가깝다.

- **인지 동사를 활용한다**: '그녀는 보았다' 혹은 '그녀는 느꼈다' 같은 인지 동사를 사용한 문장으로 서술적 거리를 멀어지게 할 수 있다. 반대로 서술적 거리를 가깝게 만들고 싶다면 3인칭 깊은 시점을 다룬 장에서 설명한 것처럼 인지 동사를 글에서 배제하라.
- **내적 독백을 다루는 방식**: 서술적 거리를 좁혀서 글을 쓰고 있다면 내적 독백은 소설의 서술에 섞여 들어가야 한다. 반대로 서술적 거리를 멀리 두고 싶다면 작은따옴표를 사용하여 내적 독백을 서술과 구분 지어야 한다. 그리고 '그녀는 생각했다', '그는 궁금했다' 같은 생각 꼬리표를 사용하는 것이 좋다.

서술적 거리가 아주 먼 예시

그는 눈을 반쯤 감은 채, 양팔을 머리 뒤에 포개고 의자에 몸을 기댔다. 티나는 그를 향해 고개를 저으면서 그가 원래 이렇게 게으른 사람인지 궁금해했다.

서술적 거리가 좀 더 가까운 예시

그는 눈을 반쯤 감은 채, 양팔을 머리 뒤에 포개고 의자에 몸을 기댔다. '원래 이렇게 게으른 사람일까?' 티나는 궁금해하며 그를 향해 고개를 저었다.

서술적 거리가 밀접하게 가까운 예시

그는 눈을 반쯤 감은 채, 양팔을 머리 뒤에 포개고 의자에 몸을 기댔다. 티나는 그를 향해 고개를 저었다. 원래 이렇게 게으른 사람이었나?

내적 독백에 대해서는 뒤에 나오는 장에서 좀 더 자세하게 다룰 것이다.

- **인물의 이름과 호칭을 활용한다**: 서술적 거리에 따라 인물의 이름과 호칭을 구분할 수 있다.

1. 직업적 호칭 사용: 경찰관, 의사 등(직업적 호칭 대신 '키가 큰 여자' 혹은 '붉은 머리의 여자' 같은 일반적인 수식어구를 사용해도 똑

같은 효과를 줄 수 있다.)

2. 성과 경칭 사용: 칼리슬 형사, 핀레이 박사

3. 성과 이름 사용: 에이든 칼리슬, 호프 핀레이

4. 이름만 사용: 에이든, 호프

5. 대명사 사용: 그, 그녀

서술적 거리를 가깝게 유지할 때는 시점 인물을 직업적 호칭으로 언급하지 않는다. 그 대신 '그' 혹은 '그녀' 같은 대명사를 사용하라. 한 장면에서 성별이 같은 인물이 여러 명 등장해서 대명사로는 누구를 지칭하는지 구분되지 않을 경우에는 인물의 이름을 사용해도 된다. 이렇게 하면 서술적 거리를 가장 가깝게 유지할 수 있다.

연습 #16

다음 문장을 서술적 거리가 좀 더 가까워지도록 고쳐 써보자.

여자는 남편이 수프를 먹는 모습이 너무 싫었다.

연습 #17

지금 쓰고 있는 원고의 시작 장면을 살펴보자. 서술적 거리가 몇 단계인지 말할 수 있는가? 서술적 거리가 장면 전체에 걸쳐 일관되게 유지되는가? 혹은 가까워지거나 멀어지기도 하는가? 서술적 거리를 의도적으로 사용하면서 친밀감과 정보 사이의 균형을 잡고 있는가? 그렇지 않다면 이 장에서 설명한 기술들을 활용하여 서술적 거리를 조절하여 고쳐 쓸 수 있는가?

12장

선택의 시간

내 작품에 가장 잘 어울리는 시점 찾기

자, 그렇다면 어떤 시점을 사용하는 것이 가장 좋은가? 답은 지금 어떤 소설을 쓰고 있는지에 따라 달라진다. 어느 작품에나 전부 잘 어울리는 시점 같은 것은 존재하지 않는다. 각각의 시점에는 나름의 장점과 단점이 있다. 결국 내가 지금 쓰고 싶은 이야기에 가장 잘 어울리는 시점을 찾는 것이 중요하다.

| 시점을 선택할 때 고려해야 할 요소 |

시점을 결정할 때는 다음과 같은 요소를 고려해야 한다.

- **장르의 관습**: 쓰고 싶은 장르의 소설을 살펴보라. 특히 지난 2년 사이 베스트셀러에 오른 작품이라면 더 좋다. 그 장르에 시점과 관련된 유행이 있는가? 로맨스 소설을 쓴다면 3인칭 제한적 시점이나 두 명의 시점 인물이 등장하는 3인칭 깊은 시점이 적합할 것이다. 청소년 소설에서는 1인칭 시점이 한창 유행하고 있는 것으로 보인다.
- **쓰고 있는 이야기의 종류**: 플롯 중심의 이야기인가, 인물 중심의 이야기인가? 플롯보다 인물이 중요한 경우에는 전지적 시점보다는 1인칭 시점 혹은 3인칭 깊은 시점이 더 효과적일 것이다. 스릴러 소설의 경우에는 좀 더 거리감이 먼 시점이 오히려 더 효과가 좋을 수 있다.
- **이야기의 범위**: 소설이 아우르는 범위가 넓은가, 좁은가? 독자에게 폭넓은 시야를 제공하고 단 한 명의 시점 인물만으로는 전달할 수 없는 정보를 알려주는 것이 중요한가? 그렇다면 전지적 시점 혹은 3인칭 다중 시점이 효과적일 것이다.
- **주인공의 수**: 주인공이 한 명인가? 아니면 똑같이 중요한 역할을 하는 주인공이 여러 명 등장하는가? 주인공이 한 명이라면 1인칭 시점 혹은 3인칭 깊은 시점이 가장 효과적일 수 있다. 주인공이 여러 명 등장한다면 다중 시점 혹은 전지적 시점이 더 나은 선택일 수 있다.

- **독자와 등장인물의 친밀감**: 독자가 등장인물과 얼마나 깊이 동일시하고 공감하길 바라는가? 독자가 인물과 친밀감을 쌓는 것이 중요하다면 1인칭 시점 혹은 3인칭 깊은 시점을 선택하라.
- **개인적인 선호**: 우리는 대부분 작가로서, 그리고 독자로서 자연스럽다고 느끼고 내 마음에 '맞다'고 여기는 시점이 있다. 그 시점이 반드시 지금 쓰고 있는 소설에 딱 들어맞는 최적의 시점이라는 법은 없지만 그 시점을 선택한다면 글쓰기가 한층 수월해질 것이다. 반면 마음에 맞지 않는 시점을 선택한다면 집필 과정이 마치 고문처럼 느껴질 수도 있다.

| 친밀감 vs 정보 |

모든 시점에는 친밀감과 정보 사이의 거래가 존재한다는 사실을 명심하라. 우리는 친밀하지만 시야가 제한되는 시점, 또는 좀 더 거리가 있지만 폭넓은 시야를 확보하는 시점을 선택할 수 있다. 전지적 시점을 선택한다면 독자와 많은 정보를 공유할 수 있는 한편, 인물과의 친밀감은 포기해야 한다. 1인칭 시점 혹은 3인칭 깊은 시점을 선택한다면 독자가 직접 소설 속 사건을 경험하게 만들 수 있는 대신, 한발 물러나 독자에게 더 큰 그림을 보여줄 기회는 잃게 된다.

자신의 선택으로 인해 무엇을 얻고 무엇을 잃게 될지 알고 있는 상태에서 시점을 결정하라. 그리고 그 선택의 결과가 지금 쓰고 있는 이야기에서 달성하고 싶은 목표에 부합하는지 확인하라.

연습 #18

❶ 개인적으로 선호하는 시점이 있는지 생각해보자. 전에 장편소설이나 단편소설을 써본 적이 있다면 그때는 어떤 시점을 사용했는가?

❷ 좋아하는 소설들을 살펴보자. 그 작품의 작가들은 어떤 시점을 사용하는가?

연습 #19

❶ 어떤 장면을 쓰기 위한 착상을 한 가지 떠올려보자. 쓰고 있는 책에 이미 존재하는 장면이어도 좋고, 쓰려고 계획하고 있는 장면이어도 좋고, 전혀 새로운 착상이어도 좋다. 아무것도 떠오르지 않는다면 등산객 두 명이 길을 잃는 장면을 생각해보자.

❷ 이 장면을 전지적 시점, 3인칭 제한적 시점, 1인칭 시점, 3인칭 깊은 시점으로 네 차례에 걸쳐 써보자. 필요하다면 앞의 장들로 다시 돌아가 각 시점으로 쓰는 요령을 복습해도 좋다.

연습 #20

❶ 어떤 시점으로 소설을 써야 할지 고민하고 있다면 앞서 '시점을 선택할 때 고려해야 할 요소'에서 설명한 여섯 가지 질문에 답해보자.

❷ 쓰고 있는 장르에 관습적으로 사용되는 시점이 있는가?

❸ 쓰고 있는 이야기가 플롯 중심의 이야기인가, 인물 중심의 이야기인가?

❹ 이야기가 다루는 범위가 넓은가, 좁은가? 긴 세월에 걸쳐 여러 다른 장소를 무대로 펼쳐지는 복잡한 배경과 플롯의 이야기인가?

❺ 주인공이 한 명인가, 아니면 이야기에서 동등하게 중요한 역할을 하는 주인공이 여러 명 등장하는가?

❻ 독자가 주인공과 자신을 동일시하고 주인공에게 깊게 공감하게 만드는 것이 중요한가?

❼ 개인적으로 선호하는 시점이 있는가? 확신할 수 없다면 '연습 #18'을 참고하라.

13장

머리 넘나들기 함정

이 함정은 무엇이며 어떻게 피할 것인가

3인칭 다중 시점을 다룬 장에서 머리 넘나들기를 언급한 적이 있다. 이 장에서는 머리 넘나들기가 무엇인지 자세히 살펴보기로 하자.

|'머리 넘나들기'의 정의|

머리 넘나들기는 소설에서 흔히 나타나는 시점 위반 중 하나다. 특히 여러 명의 시점 인물이 등장하는 3인칭 제한적 시점으로 소설을 쓸 때 가장 저지르기 쉬운 실수다. 머리 넘나들기는 간단히 말해 장면 중간에 시점을 전환하는 걸 뜻한다. 아무런 경고도 없이 갑자기 독자를 이 인물의 내면에서 끄집어 낸 다음 다른 인물의 내면에 집어넣는 것이다. 그 결과 독자는 자신이 누구의 시점에 있는지 갈피를 잡지 못하고 혼란스러워 할 수 있다. 머리 넘나들기가 일어날 때마다 이야기의 몰입이 깨지게 되며 계속 이런 실수가 반복된다면 독자는 아예 책을 덮어버리고 말 것이다.

3인칭 제한적 시점(혹은 3인칭 깊은 시점)의 가장 큰 장점은 독자가 시점 인물과 자신을 깊이 동일시하게 된다는 것이다. 하지만 독자를 이 인물의 내면에서 저 인물의 내면으로 이리저리 끌고 다닌다면 독자는 어떤 인물과도 자신을 동일시하기 어려울 것이다.

> 티나는 시계를 들여다보았다. '일찍 왔네.' 티나는 어깨를 으쓱하며 문을 밀었다.
>
> 벤은 자신을 쳐다보는 그녀의 시선을 느끼고는 책상에서 고개를 들었다. "아, 벌써 왔어요?"
>
> "미안해요. 바깥에서 기다릴까요?" 그녀는 약속에 늦고 싶지 않았기 때문에 집에서 20분이나 일찍 출발했다.

여기서 우리는 처음에 티나의 시점이었다가 벤의 시점으로 옮겨가고 다시 티나의 시점으로 돌아온다. 이런 일이 몇 문단에 걸쳐 반복적으로 일어난다면 독자는 자신이 누구의 시점에 있는지 전혀 갈피를 잡지 못하는 상황에 이르게 된다.

머리 넘나들기는 3인칭 다중 시점이나 전지적 시점과는 다르다. 어떤 차이가 있는지 좀 더 자세히 알아보도록 하자.

| 머리 넘나들기와 3인칭 다중 시점의 차이점 |

여러 명의 시점 인물이 등장하는 3인칭 시점에서는 오직 장이 바뀌거나 장면이 바뀌는 곳에서만 시점을 전환한다. 반면 머리 넘나들기에서는 장면 중간에 갑자기 이 인물에서 다른 인물로 시점이 전환되어 버린다.

| 머리 넘나들기와 전지적 시점과의 차이점 |

나는 한 장면 안에서 여러 인물의 생각과 감정을 마음 내키는 대로 드러내고는 전지적 시점으로 소설을 썼다고 주장하는 작가의 원고를 많이 보아왔다. 하지만 이는 머리 넘나들기에 불과하다. 그렇다면 여기에는 어떤 차이가 있을까?

- **하나의 관점 vs 여러 관점**: 머리 넘나들기는 한 시점에서 다른 시점으로, 한 인물의 내면에서 다른 인물의 내면으로 건너뛴다. 반면 전지적 시점은 한 인물에서 다른 인물로 시점을 전환하지 않는다. 소설 전체에 걸쳐 하나의 같은 시점을 계속해서 유지한다. 전지적 시점에서 유일한 시점은 인물들이 무슨 생각을 하는지 독자에게 이야기해주는 화자의 시점뿐이다.
- **한 종류의 목소리 vs 여러 종류의 목소리**: 전지적 화자가 있다면 책 전체에 걸쳐 화자의 강렬한 목소리가 일관되게 유지될 것이다. 화자가 인물들의 생각과 감정을 전해준다 하더라도 이는 그 인물들의 목소리로 표현되지 않는다. 하지만 머리 넘나들기에서는 나름의 개성을 지닌 강렬한 화자의 목소리가 존재하지 않는다. 작가가 머리 넘나들기를 하고 있는 경우 어떤 인물의 생각을 드러내는 데 그 인물의 목소리가 사용되며 그러므로 같은 장면에서 여러 인물의 목소리가 이리저리 뒤섞여 나오게 된다.
- **전략적 전환 vs 변덕스러운 전환**: 머리 넘나들기에서 시점 전환은 명확한 전략이나 목적 없이 변덕에 좌우되기 쉽다. 전지적 시점에서 화자는 가장 흡인력 있는 방식으로 이야기를 풀어내기 위해 어떤 인물의 감정과 생각을 드러낼지 주의 깊게 선택한다. 다른 인물로 초점을 전환할 때는 항상 그럴 만한

이유가 있다.

- **서술적 거리가 멀다 vs 서술적 거리가 가깝다**: 전지적 시점과 머리 넘나들기는 서술적 거리가 다르다. 머리 넘나들기에서 독자는 제대로 된 전환 과정 없이 어떤 인물의 내면에서 곧장 다른 인물의 내면으로 던져지게 되며 그 결과 위화감을 느낄 수 있다. 반면에 전지적 시점에서 화자는 인물이 느끼고 생각하는 것들을 어느 정도 거리를 두고 독자에게 이야기한다. 이 시점에서 우리는 어떤 인물의 내면에도 깊이 들어가지 않는다. 우리는 화자의 머릿속에 머물면서 인물들의 내면에서 무슨 일이 벌어지는지에 대해 오로지 표면적인 세부 사항만을 전해들을 뿐이다. 화자는 어떤 인물이 무슨 생각을 하며 어떤 기분을 느끼는지 독자에게 이야기해 주지만 이 생각과 감정을 '말해줄' 뿐 보여주지 않는다. 독자는 인물의 생각을 직접적으로 듣지 못한다. 독자가 듣는 것은 간접적으로 전해지는 생각과 해석뿐이다.

1. 전지적 시점의 예시

두 사람은 몇 시간 동안 함께 웃으며 이야기를 나누었다. 하지만 저녁이 깊어지자 두 사람 모두 입을 다물고는 탁자 위의 호사스러운 촛대 너머 서로를 뚫어져라 쳐다보기 시작했다. 티나는 언제나 그렇듯이 지금 이 순간을 즐기지 못하고 나중에 작별 인사를 어떻게 해야 할지 벌써부터 고민하고 있었다. 한편 이 사실을 알 리 없는 제이크는 그녀가 갑자기 입을 다물어 버리자 자신이 무슨 짓을 해서 그녀의 감정을 상하게 만든 것은 아닌지 걱정하고 있었다.

우리는 두 인물이 무슨 생각을 하는지 알 수 있지만 여기에서는 시점이 전환되지 않는다. 이 문단에서 독자에게 말하는 모든 내용은 하나의 관점에서 나온다. 바로 화자의 관점이다.

독자는 두 인물이 머릿속에서 무슨 생각을 하는지 알게 되지만 그들의 생각을 실제로 듣는 것은 아니다. 어느 정도 거리를 둔 채 그들의 생각을 전해들을 뿐이다.

화자의 목소리를 한번 살펴보자. 어느 정도 교육 수준이 있는, 격식을 차리고 독단적인 목소리다. 화자는 두 인물에 대해 판단을 내린다. 제이크에 대해서는 "이 사실을 알 리 없다"라고 단정하고, 티나를 묘사할 때는 "벌써 고민하고 있다"는 부정적인 표현을 사용한다. 또한 촛대를 "호사스러운"이라고 표현하면서 식당 장식에 대해서도 의견을 표한다.

한 인물의 생각에서 다른 인물의 생각으로 전환하는 일 또한 아무렇게나 이루어지지 않는다. 이는 어떤 목적을 염두에 둔 전략적 전환이다. 화자는 티나가 입을 다문 진짜 이유를 말해주고 이를 제이크의 짐작과 대비시키면서 두 사람 사이에 오해가 있다는 사실을 드러낸다. 여기에서 서스펜스가 피어나며 독자는 이 장면이 어떻게 진행될지 궁금한 마음에 계속 책을 읽어나가게 된다.

2. 머리 넘나들기를 하는 3인칭 다중 시점의 예시

두 사람은 몇 시간 동안 함께 웃으며 이야기를 나누었다. 하지만 저녁이 깊어지자 두 사람 모두 입을 다물었다.

티나는 두 사람 사이의 탁자 위에 놓인 촛불의 따스한 빛 너머로 제이크를 훔쳐보았다. 시선이 그의 관능적인 입술로 향했다. 작별 인사를 할 때 그가 키스하려 할까? 키스해 주길 바라고 있나? '당연하지!' 하지만 그가 키스하지 않는다면? 그녀가 먼저 나서야 할까? 그녀가 쉬운 여자라고 생각하지는 않을까?

'이런, 갑자기 무슨 일이지?' 존은 눈을 가늘게 떴다. 그가 뭔가 말실수를 했던가? 그는 그녀의 표정을 읽으려고 노력했지만 이 빌어먹을 촛불만으로는 도무지 알아볼 수가 없었다.

첫 문단은 중립적인 표현으로 쓰였으며 그러므로 이는 전지적 시점일 수도, 혹은 제이크나 티나를 시점 인물로 하는 3인칭 제한적 시점일 수도 있다. 두 번째 문단에서 우리는 바로 티나의 머릿속 깊이 들어간다. 그다음 세 번째 문단에서 어떤 전환 과정도 없이 제이크의 시점으로 건너뛴다. 이것이 바로 머리 넘나들기다.

우리는 두 사람의 생각을, 그들 자신의 목소리로 직접 듣는다. 서술에 사용하는 어휘에는 두 사람의 개인적인 의견이 반영되어 있다. 예를 들어 티나는 촛불을 좋아하는 한편("따스한 빛") 제이크는 촛불을 싫어한다("빌어먹을 촛불").

이 장면은 티나의 시점으로만 쓰고 다음 장면에서 제이크의 시점으로 전환하는 편이 좋을 것이다.

| 머리 넘나들기 함정을 피하는 법 |

머리 넘나들기 함정에 빠졌는지 확신할 수 없다면 시점 인물의 이름을 '나'로 바꾸어 1인칭 시점으로 그 장면을 다시 써 보자. 이렇게 하면 시점을 위반했는지 여부를 더 쉽게 파악할 수 있다.

도움이 될 만한 또 다른 요령으로는 메소드 연기, 혹은 메소드 글쓰기가 있다. 시점 인물의 입장에 서보는 것이다. 자신이 바로 그 인물이라고 상상해보라. 그 장면에서 무엇을 보고, 듣고, 냄새 맡고, 맛보고, 경험하고, 생각하고, 느끼는가? 인물을 연기하는 자신이 그 상황에서 알 수가 없거나 생각하지 않을 법한 부분들이 있다면 머리 넘나들기 함정에 빠진 것이다.

> 대체 베티한테 무슨 일이 있었던 걸까? 티나는 베티를 응시했다.
>
> 베티의 이마에 땀이 맺혔다. 그녀는 발을 가만두지 못했고 등 뒤에서 움켜쥐고 있던 구겨진 손수건을 만지작거렸다.

티나의 입장이 되어 자신이 베티와 마주 서 있는 모습을 상상해본다면 베티의 등 뒤에서 무슨 일이 일어나고 있는지 볼 수 없다는 사실을 깨닫게 될 것이다.

> 대체 베티한테 무슨 일이 있었던 걸까? 티나는 베티를 응시했다.
>
> 베티의 이마에 땀이 맺혔다. 그녀는 발을 가만두지 못했고 걸고 있던 금목걸이를 만지작거렸다.

시점 위반을 다루는 다음 장에서 머리 넘나들기의 예를 좀 더 찾아볼 수 있다.

연습 #21

이 장의 초반에서 소개한 예시를 머리 넘나들기가 일어나지 않도록 고쳐 써보자. 처음에는 티나의 시점에서 써보고, 그다음에는 벤의 시점에서 써보자.

연습 #22

❶ 지금 쓰고 있는 소설의 첫 번째 장을 인쇄한 다음 각 장면마다 시점 인물이 누구인지 파악해보자. 문장 하나하나를 주의 깊게 읽어야 한다. 시점 인물이 실제로 보거나 듣거나 경험할 수 없는 무언가를 묘사하고 있는가? 시점 인물이 알 수 없는 정보가 포함되어 있는가? 시점 인물이 몸짓언어나 얼굴 표정으로 미루어 짐작할 수 없는, 다른 인물의 생각과 감정을 드러내고 있는가? 머리 넘나들기 함정에 빠진 부분을 찾아냈다면 시점을 위반하지 않도록 고쳐 쓰고, 오직 한 인물의 시점에서만 그 장면을 보여주라.

❷ 머리 넘나들기 함정을 어떻게 잡아내야 할지 여전히 감이 잡히지 않는다면 시점 인물의 이름 대신 '나'라는 대명사를 사용하여 그 장면을 1인칭 시점으로 바꾸어 써보자.

14장
흔히 나타나는 시점 문제들

다양한 상황의 열 가지 시점 위반 피하기

앞 장에서 설명한 머리 넘나들기는 아마도 가장 흔하게 볼 수 있는 시점 위반 사례일 것이다. 하지만 그 외에도 시점 위반에는 여러 종류가 있다.

| 열 가지 시점 위반 사례 |

이 장에서는 시점 위반 예시들을 살펴보려 한다. 예시에서는 서술적 거리가 가까운 시점, 이를테면 3인칭 제한적 시점, 3인칭 깊은 시점, 1인칭 시점으로 이야기를 쓰고 있다고 가정한다. 시점 인물은 티나이며, 베티와 존은 시점 인물이 아니다

(이 장의 모든 예시와 연습 과제까지 이러한 가정을 따른다).

1. 시점 인물이 알거나 보거나 듣지 못하는 것들을 묘사하기

3인칭 제한적 시점, 3인칭 깊은 시점, 1인칭 시점에서는 시점 인물이 알거나 보거나 듣지 못하는 것들을 언급해서는 안 된다. 이를테면 시점 인물이 도시에서 자란 여자라면 숲에 있는 나무와 풀의 이름을 알 리 없으므로 그 이름들을 언급해서는 안 된다.

> "언제 집에 돌아왔니?" 어머니가 물었지만 티나는 듣지 못했다.

만일 우리의 시점 인물인 티나가 어머니의 말을 듣지 못했다면 글에서도 어머니가 한 말을 언급할 수 없다.

> 티나의 등 뒤에서 존이 히죽거렸다.

티나는 등 뒤에서 무슨 일이 벌어지는지 보지 못하므로 글에서도 이에 대해 언급하면 안 된다.

내가 발을 구르며 방에서 나가자 존이 고개를 저었다.

이미 방을 나갔기 때문에 1인칭 화자는 존이 고개를 젓는 행동을 한다는 걸 알 수 없다.

키가 큰 남자가 티나를 향해 한 발짝 다가왔다. 어둠에 가려 그의 얼굴은 보이지 않았다.

티나가 그의 얼굴을 볼 수 없다면 어떻게 그 사람이 남자인 것을 아는가?

베티는 자리에서 일어나 이미 차갑게 식어버린 햄버거가 담긴 쟁반을 집어 들었다.

티나는 시점 인물이지만 그 햄버거는 티나의 것이 아니므로 티나는 햄버거가 차갑게 식었는지 아닌지 알 수 없다. 물론 식었을 것이라고 추측할 수는 있겠지만 그럴 경우 그것이 추측임을 분명하게 밝혀야 한다.

베티는 지금쯤 차갑게 식어버렸을 게 분명한 햄버거가 담긴 쟁반을 집어 들었다.

또 다른 예를 살펴보자.

티나가 고개를 들자 낯선 사람이 문가에 기대어 있었다. "안녕하세요, 무엇을 도와드릴까요?" 그녀가 말했다.

존이 친근하게 미소 지었다. "당신이 티나 피셔인가요?"

존은 티나에게 낯선 사람이기 때문에 그가 티나에게 자신을 소개하기 전까지 글에서 이름을 언급할 수 없다. 존이 시점 인물에게 자신을 소개할 때까지는 단순히 '그'라는 대명사를 계속 사용해야 한다.

다음은 티나가 피셔 부인의 집을 처음 방문하는 상황이다.

그저 슈퍼마켓에서 파는 국화 한 다발이었을 뿐인데도 피셔 부인은 고개를 숙이고 꽃 냄새를 맡으며 감탄을 멈추지 않았다. 부인은 티나를 거실로 안내했다. 두 개의 기다란 탁자를 들여놓으면서 거실의 가구 배치가 바뀌어 있었다.

티나는 피셔 부인의 집에 처음 와봤고 이제 막 거실에 들어간 상황이므로 거실의 가구 배치가 바뀐 것인지 알 도리가 없다. 하지만 어쩌면 무슨 일이 있었는지 짐작할 수 있는 실마리가 몇 가지 있었을지도 모른다.

> 그저 슈퍼마켓에서 파는 국화 한 다발이었을 뿐인데도 피셔 부인은 고개를 숙이고 꽃 냄새를 맡으며 감탄을 멈추지 않았다. 부인은 티나를 거실로 안내했다. 거실의 카펫에 가구를 끈 흔적이 남아 있는 것을 보니 두 개의 기다란 탁자를 거실에 들여놓으면서 가구 배치를 바꾼 듯 보였다.

2. 시점 인물이 관심을 두지 않을 법한 것들을 묘사하기

우리가 주위 환경에 얼마나 주의를 기울이는지는 우리의 성격과 감정 상태, 그 환경에 우리가 얼마나 익숙한지에 따라 달라진다. 어떤 장소 혹은 인물을 정말로 잘 알고 있다면 그 장소나 인물의 겉모습에 대해서 보통은 의식하지 않기 마련이다. 따라서 시점 인물에게 이미 친숙한 대상을 마치 처음 보는 것처럼 묘사해서는 안 된다.

또한 인물이 목숨을 건지기 위해 싸우거나, 감정적 위기를 겪는 순간에는 버건디색 커튼이 얼마나 예쁜지, 정원에 핀 꽃의 향기가 얼마나 달콤한지를 알아챌 여유가 없을 것이다. 그러므로 이런 장면에서는 이 같은 세부 사항을 빼버리라.

> 티나는 잠긴 문을 열고 자신의 집 안으로 들어갔다. 노란색 커튼이 거실을 금빛으로 물들였다. 거실 구석에 놓인 책상은 잡지와 각종 서류 더미와 책들로 넘쳐나고 있었다.

티나는 자신의 집 안을 수없이 많이 봤을 것이다. 그런데 갑자기 지금 와서 커튼과 책상에 대해 생각해야 할 이유가 있을까? 여러 시점 인물이 등장하는 3인칭 제한적 시점으로 글을 쓰고 있다면 이 집에 한 번도 와보지 못해서 집 안을 둘러볼 이유가 있는 인물의 시점으로 집의 모습을 묘사할 수 있을 때까지 기다리는 편이 좋다.

> 사무실 문을 두드리는 소리에 티나는 고개를 들었다.
>
> 키가 큰 중년의 남자가 문가에 서 있었다. "프랭크, 어서 와." 티나는 남동생에게 안으로 들어오라고 손짓했다.

프랭크가 티나의 남동생이라면 티나는 프랭크의 외모에 대해 이미 잘 알고 있으므로 그를 '키가 큰 중년의 남자'라고 생각하지는 않을 것이다. 그 대신 티나는 그의 이름을 떠올릴 것이다. 이 경우 프랭크의 외모에 대해 독자에게 알려줄 다른 방도를 궁리해야 한다. 어쩌면 묘사를 활동이나 대화의 일부로 끼워 넣을 수도 있다.

> 사무실 문을 두드리는 소리에 티나는 고개를 들었다.
>
> 머리가 천장에 닿을 듯한 모습으로 남동생이 문가에 서 있었다.
>
> "프랭크, 어서 와." 티나는 안으로 들어오라고 손짓하며 말했다. "맙소사, 너 털갈이라도 하는 거야?" 티나는 벗어지기 시작한 이마를 가리켰다. "우리 고양이보다 털이 더 많이 빠지잖아!"

"머리가 천장에 닿을 듯한 모습으로"라는 표현은 시점을 위반하지 않고도 프랭크의 키가 크다는 사실을 암시하며, 벗어지는 머리를 놀리는 티나의 말은 독자에게 그의 나이를 짐작하게 만든다.

3. 전지적 시점에서 사물을 묘사하기

앞서 설명한 두 가지 문제와 연관된 시점 위반으로 전지적 시점으로의 전환이 있다. 시점 인물이 의식적으로 알아차릴 수 없는 것들을 설명하는 시점 위반이다. 앞에서도 설명했다시피 시점 인물이 어떤 것을 알아차리지 못한다면 이를 독자에게도 언급할 수 없다.

> 티나는 눈치채지 못했지만, 베티는 이미 새 차를 구입했다.

시점 인물인 티나가 이를 눈치채지 못했다면 작가는 독자에게 이 정보를 전해줄 수 없다.

> 티나는 자신이 편지를 구기고 있다는 사실을 깨닫지 못한 채 편지를 움켜쥐었다.

> 티나는 무의식적으로 그 자리를 문질렀다.

> 이 상황의 모순을 티나는 깨닫지 못했다.

위의 세 가지 예시 모두 티나가 깨닫지 못하는 사실을 언급하고 있으므로 시점 위반이다. 자신도 모르게 전지적 시점으로 흘러가 버리지 않도록 주의하라.

4. 시점 인물의 신체적 특징을 묘사하기

시점 인물을 허영심 가득한 인물로 묘사하고 싶은 것이 아니라면 시점 인물이 별다른 이유 없이 자신의 외모에 대해 생각하게 만들지 말라.

> **예시** 티나는 자신의 붉고 곱슬곱슬한 머리칼 한 가닥을 얼굴 뒤로 빗어 넘겼다.
>
> **고쳐쓰기** 티나는 머리칼 한 가닥을 얼굴 뒤로 빗어 넘겼다.

시점 인물의 외모를 묘사하는 법은 7장을 참고하라.

5. 시점 인물을 외부에서 묘사하기

시점 인물의 눈을 통해 모든 것을 보는 대신 시점 인물을 마치 외부에서 관찰하듯이 묘사한다면 이는 시점을 위반하는 것이다. 3인칭 깊은 시점이나 1인칭 시점처럼 서술적 거리가 가까운 시점에서는 우리가 시점 인물을 보고 있는 것이 아니라 시점 인물의 내면에 머문다는 사실을 명심하라. 외부의 관찰자가 보는 것이 아니라 인물이 몸과 마음의 내부에서 느낄 수 있는 것들만을 쓰라.

예시 티나의 얼굴이 진홍빛으로 물들었다.

고쳐쓰기 티나의 얼굴이 달아올랐다.

티나는 자신의 얼굴빛을 볼 수 없지만, 얼굴이 달아오르는 것을 느낄 수 있다.

예시 티나의 눈에서 눈물이 반짝였다.

고쳐쓰기 티나의 눈에 눈물이 차올랐다.

티나는 자신의 눈에서 눈물이 반짝이는 모습을 볼 수 없지만, 눈물이 흐르는 것을 느낄 수 있다.

예시 그녀의 얼굴에 고통스러운 표정이 떠올랐다.

고쳐쓰기 티나는 망치를 떨어뜨리고 엄지손가락을 부여잡았다. 엄청나게 아팠다!

앞의 예들은 시점 인물이 아닌 인물을 묘사하는 경우라면 모두 훌륭한 묘사가 될 것이다. 하지만 시점 인물에 대해서는 겉으로 보이는 모습보다는 마음속에서 무슨 일이 벌어지고 있는지를 묘사하는 편이 좋다.

6. 시점 인물이 아닌 인물들의 생각이나 느낌, 의도, 동기를 묘사하기

1인칭 시점, 3인칭 깊은 시점, 3인칭 제한적 시점으로 글을 쓰고 있다면 시점 인물 외에 다른 인물이 무슨 생각을 하고 있는지에 대해 독자에게 전해줄 수 없다. 다만 시점 인물의 해석이라는 점을 분명하게 밝히면서 다른 인물이 아마도 어떤 기분을 느끼고 무슨 생각을 할 것이라고 추측할 수는 있다. 시점 인물이 다른 인물의 얼굴 표정이나 몸짓언어를 관찰하여 그 인물의 생각과 감정을 미루어 짐작하게 만드는 것이다.

예시 베티는 입을 열려고 했지만 생각을 바꾸어 입을 다물었다.

고쳐쓰기 베티는 입을 열려고 했지만 생각을 바꾼 듯 입을 다물었다.

우리는 베티의 시점에 있지 않으므로 베티가 생각을 바꾸었다는 사실을 알 수 없다.

> 베티의 얼굴에 당혹스러운 표정이 떠올랐지만 베티는 아무렇지 않은 척하려고 애썼다.

우리는 베티의 시점에 있지 않기 때문에 베티가 애쓰고 있는지 알 수 없다. 시점 위반을 피하기 위해 이 문장에 "~는 것처럼 보였다."("애쓰는 것처럼 보였다.") 같은 표현을 덧붙여 이 내용이 시점 인물의 짐작이라는 사실을 나타낼 수 있다. 하지만 이 문장을 고쳐 쓰는 더 나은 방법은 "당혹스러운"과 같이 감정에 이름을 붙이는 대신 얼굴 표정으로 감정을 보여주는 것이다.

> 베티는 눈썹을 찡그렸지만 곧바로 아무렇지도 않은 표정으로 돌아왔다.

가끔 시점 위반은 오직 연결 어미로만 이루어진, 좀처럼 포착하기 어려운 형태로 나타나기도 한다. 이를테면 "~려고"라는 표현을 조심하라. 이 말에는 의도가 담겨 있기 때문이다. 시점 인물이 아닌 인물의 경우, 우리는 그가 겉으로 하는 행동만 알 수 있을 뿐, 그 인물의 의도가 무엇인지 절대 알 수가 없다.

베티는 양말을 주우려고 몸을 숙였다.

이 문장을 고친다면 문장의 순서를 바꾸어 실제로 베티가 하는 행동만 보여주면 된다.

베티는 몸을 숙이고 양말을 주웠다.

7. 인물의 이름 대신 수식어구를 사용하기

시점 인물을 부를 때 이름 대신 '키가 큰 여자', '금발의 여자', '형사' 같은 수식어구를 사용하는 것도 시점 위반이다. 이를 '무뚝뚝한 탐정 신드롬'이라 부른다. 이는 팬픽션에서는 흔히 볼 수 있는 관례이지만 출판 소설에서는 용납되지 않는다. 자기 자신을 '갈색 머리 여자'라고 생각하는 사람은 없기 때문에 시점 인물이 그런다면 시점을 위반하는 일이 된다.

또한 시점 인물과 가까운 인물들에게도 이런 수식어구를 사용하지 않도록 주의해야 한다. 수식어구를 사용한다는 것은 인물들 사이에, 그리고 독자와 인물 사이에 거리를 두는 일이므로 바람직하지 않다.

수식어구를 사용할 수 있고 사용해야만 하는 유일한 경우는 택시 운전사처럼 이름이 별로 중요하지 않은 조연 인물이거나 시점 인물이 아직 이름을 알지 못하는 인물에 한정된다. 하지만 시점 인물이 어떤 인물의 이름을 알고 난 후에는 수식어구 대신 그의 이름을 사용해야 한다.

예시 두 여자가 악수했다.

고쳐쓰기 그들은 악수했다.

위의 예에서 두 여자 중 한 사람이 시점 인물이라면 시점 인물을 거리감이 있는 수식어구로 표현한 것이기에 시점 위반이다.

금발의 곱슬머리인 작은 소년이 깡충거리며 계단을 뛰어 내려왔다. 그리고 똑같은 금발의 곱슬머리인 여자 앞에 멈추어 섰다.

티나는 아들을 보고 고개를 흔들며 웃음을 터트렸고 소년의 얼굴에도 함박웃음이 떠올랐다.

티나는 자신을 '여자'라고 생각하지 않을 것이며 또한 외부에서 자신을 관찰하듯이 자신의 머리카락 색에 대해 생각하지 않을 것이다. 한편 자신의 아들을 '작은 소년'이라고 생각하지도 않을 것이다. 아들에 대해 생각할 때는 아들의 이름을 떠올릴 것이다. 그리고 아마도 아들과는 매일 만나고 있을 것이므로 갑자기 아들의 머리카락 색을 눈여겨볼 이유도 없다.

> 조쉬는 깡충거리며 계단을 뛰어 내려왔다. 티나 앞에 멈추어 섰을 때 금발의 곱슬머리 한 가닥이 그의 눈앞으로 흘러내렸다.
>
> 티나는 고개를 흔들며 웃음을 터트렸고 그의 얼굴에도 함박웃음이 떠올랐다. "머리 자를 때가 됐구나."

엄마라면 눈치챌 수 있을 법한 일이므로 티나에게 아들의 머리카락이 길게 자랐다는 사실을 눈여겨보게 만들 수 있다. 그리고 원한다면 여기에 아들의 머리카락 색을 슬쩍 끼워 넣을 수 있다. 보다시피 고쳐 쓴 문단에서는 티나의 성격이 살짝 드러난다. 티나는 아들을 사랑하는 좋은 엄마인 것처럼 보이며 이것은 그녀의 머리카락 색보다 훨씬 더 중요한 정보다.

> 티나는 변호사에게 다가가 그에게 입을 맞추었다.

티나가 변호사에 집착하는 성벽이 있지 않는 이상 나는 티나가 직업 때문에 그에게 입을 맞추었다고는 생각하지 않는다. 사람들은 자신의 배우자를 그의 직업으로 생각하지 않으며 그러므로 시점 인물 또한 그렇게 해서는 안 된다. 특히 애정 장면에서 인물을 '의사'라고 부르는 것처럼 이름 대신 이런 수사 꼬리표를 사용하는 일은 좋지 않다.

자신의 원고에서 '붉은 머리 여자'나 '다른 여자' 같은 수식어구를 검색해보라. 이런 수식어구는 인물의 이름이나 대명사로 바꾸어 쓰는 것이 좋다.

8. 어떤 사건이 발생하기 전에 이에 대해 언급하기

아직 일어나지 않은 일에 대해 언급하는 것도 시점 위반이다. 이 시점 위반은 대화를 쓸 때 발생하기 쉽다. 가령 인물이 실제로 말을 하기 전에 작가가 독자에게 인물의 목소리가 어떻게 들리는지 말해주는 경우다. 그러나 현실에서 사람들은 사건이 일어나는 시간 순서에 따라 사건을 경험한다. 소설에서도 그래야 한다.

> 잠시 후 티나의 긴장한 목소리가 침묵을 깨트렸다. "이제 우리 어떻게 해야 하는 거야?"

아직 일어나지 않은 일에 대해 이야기하는 대신 독자를 시점 인물의 내면에 확고하게 고정시키고 독자가 그 인물이 보고 듣는 '순간' 그 인물이 보는 것을 보고 그 인물이 듣는 것을 듣게 만들어야 한다. 미리 앞서가지 말라.

이 문제의 해결책은 대화 꼬리표 혹은 인물의 목소리에 대한 묘사를 대화 뒷부분으로 옮기는 것이다.

> "이제 우리 어떻게 해야 하는 거야?" 티나가 긴장한 목소리로 물었다.

여기에서 독자에게 티나가 침묵을 깨트렸다고 '말해줄' 필요는 없다. 티나가 무슨 말을 했다면 그녀가 침묵을 깨트렸다는 것을 이미 '보여준' 셈이기 때문이다.

> **예시** 티나는 베티가 자주 쓰는 말을 따라하며 미소를 지었다. "상황에 따라 다른 법이야."
>
> **고쳐쓰기** "상황에 따라 다른 법이야." 티나는 베티가 자주 쓰는 말을 따라하며 미소를 지었다.

9. 시점 인물에 걸맞지 않은 언어를 사용하기

1인칭 시점이나 3인칭 깊은 시점처럼 친밀한 시점에서 소설을 쓴다면 인물이 곧 화자가 된다. 그러므로 소설을 쓰는 언어, 즉 어휘와 문법 형태는 인물과 그 인물의 배경에 걸맞아야 한다.

내가 최근 읽은 한 소설에서는 하버드대학교를 졸업한 부유한 변호사를 포함하여 모든 등장인물이 똑같은 말투로 말을 했다.

> "우유가 다 떨어졌어. 사러 가는 거 콜?"
>
> "콜! 가자! 거기 네가 좋아하는 시리얼도 딱 봐놨다고."

한편 시점 인물이 건설 노동자라면 박사 과정 학생의 말처럼 들리는 어휘는 사용하지 않아야 한다. 이는 비단 교육 수준에만 국한되지 않으며 인물이 지닌 전반적인 지식 수준과도 관련이 있다. 서술적 거리가 가까운 시점으로 소설을 쓴다면 문장 하나하나를 인물이 사용할 법한 단어들로 정확히 써야 한다. 시점 인물이 말에 대해 아무것도 알지 못한다면 '마구간'이라는 단어 대신 '말이 말 우리에 들어가 있다'라는 식으로 말할 수도 있다.

10. 시점을 확립하지 않기

객관적 시점에서 소설을 쓰는 것이 아니라면 독자는 항상 자신이 지금 누구의 시점에 있는지 말할 수 있어야 한다. 그리고 나는 소설을 처음부터 끝까지 객관적 시점으로 쓰는 것을 권하지 않는다. 각 장면의 초반에, 이상적으로는 첫 문장에서 바로 시점을 확립하는 것이 좋다.

> 제이크는 매시트포테이토를 접시에 산처럼 쌓은 다음 그 위에 그레이비소스를 뿌렸다.
>
> "부모님 오시는지 정말 몰랐어?" 티나가 그의 손에서 소스통을 받아들었다.
>
> "내가 왜 알아야 하는데?" 제이크가 물었다.
>
> 티나는 포크로 당근을 찔렀다. "네 부모님이잖아!"

작가가 우리에게 보여주고 있는 건 행동과 대화뿐이므로 이 장면에서 우리가 누구의 시점에 있는지 알 도리가 없다. 장면 초반에 시점 인물의 내면으로 들어가 인물의 감정과 생각을 슬쩍 보여줄 방법을 찾아야 한다.

> 티나는 제이크의 접시 위에 산처럼 쌓인 매시트포테이토를

보았다. '여섯 시 이후에는 탄수화물 금지라더니 도대체 무슨 일이래?'

제이크가 매시트포테이토 위에 그레이비소스를 뿌렸다.

"부모님 오시는지 정말 몰랐어?" 티나는 그가 그레이비소스로 접시에 홍수를 내기 전에 소스병을 빼앗았다.

"내가 왜 알아야 하는데?" 제이크가 물었다.

티나는 포크로 당근을 찔렀다. "네 부모님이잖아!"

연습 #23

다음 예에서 시점 위반을 찾아내고, 이 장면을 티나의 시점을 지키면서 고쳐 써보자.

전화기가 울리는 소리에 티나는 깜짝 놀라 뛰어올랐다.

그녀는 수화기를 귀로 들어올렸다. "여보세요?"

"티나, 안녕? 지금 잠깐 통화할 수 있어?" 베티는 전화기 줄을 만지작거렸다.

연습 #24

다음 문장에서도 시점 위반을 찾아내고 이를 고쳐 써보자.

티나는 뒤를 따르는 BMW의 존재를 전혀 깨닫지 못한 채 차를 주차한 다음 길을 건넜다.

연습 #25

다음 문장에서 무엇이 잘못되었는지 찾아낼 수 있는가? 이 문장을 티나의 시점으로 고쳐 써보자.

티나의 얼굴이 미소로 밝아졌다.

연습 #26

다음 예에서 시점 위반을 찾아낸 다음 티나의 시점으로 고쳐 써보자.

베티는 티나를 말똥말똥 쳐다보며 거짓말을 하고 있는 징후를 찾아내려 애썼다.

해답

다음은 연습 #23~#26의 가능한 답안이다. 유일한 정답 같은 것은 없다는 사실을 명심하라. 생각해낸 답이 아래와 다르다 해도 정답일 수 있다.

연습 #23

시점 인물인 티나는 통화를 하고 있는 상대인 베티를 볼 수 없다. 그러므로 베티가 전화기 줄을 만지작거리는 모습을 언급해서는 안 된다.

전화기가 울리는 소리에 티나는 깜짝 놀라 뛰어올랐다. 그녀는 수화기를 귀로 들어올렸다. "여보세요?"

"티나, 안녕?" 베티가 말했다. "지금 잠깐 통화할 수 있어?"

전화 너머에서 무언가 부스럭거리는 소리가 들렸다. "그럼, 물론이지."

연습 #24

티나가 뒤를 따르는 BMW의 존재를 깨닫지 못했다면 이를 언급할 수 없다. 어떤 책을 쓰는지에 따라 달라지겠지만 이 장면을 "길을 건넜다."에서 끝마친 다음 악당의 시점에서 다음 장면을 시작하여 악당이 BMW의 운전석에 앉아 티나를 지켜보고 있다는 사실을 드러낼 수 있다.

연습 #25

이 문장에서는 티나의 몸과 마음의 내부에 머무는 대신 그녀를 외부에서 관찰하고 있다.

티나의 입가가 저절로 올라갔다.

해답

연습 #26

베티는 시점 인물이 아니므로 우리는 그녀가 왜 티나를 말똥말똥 쳐다보는지 알 수가 없다. 베티가 티나를 왜 그런 식으로 쳐다보는지, 티나의 추측이라는 점을 분명하게 드러내는 방식으로 고쳐 써보자.

베티는 마치 거짓말을 하고 있는 징후를 찾아내려는 듯 티나를 말똥말똥 쳐다보았다.

15장
내적 독백

시점에 따라 달라지는 생각 표현

내적 독백은 시점 인물이 머릿속에서 하는 생각이다. 인물의 생각을 전달할 수 있다는 점은 영화와 비교했을 때 소설이 지닌 강력한 장점 중 하나다.

하지만 바로 그 점 때문에 내적 독백을 남용하는 작가들이 있는지도 모른다. 그런 작가들은 대화 한 줄, 행동 하나마다 일일이 인물의 생각을 덧붙이면서 이야기를 교착 상태에 빠트린다. 인물의 머릿속에 떠오르는 모든 생각을 독자에게 들려줄 필요는 없다. 플롯 혹은 인물의 성장과 관련된 중요한 생각만을 독자와 공유해야 한다.

| 내적 독백의 유형 |

내적 독백에는 두 종류가 있다.

- **직접적 내적 독백**: 인물이 하는 생각을 1인칭(혹은 스스로에게 말을 걸고 있는 경우 2인칭) 대명사와 현재 시제를 이용하여 그대로 인용한다. 3인칭 시점, 과거 시제로 쓰이는 소설이라 해도 마찬가지다. 대부분의 경우 직접적 내적 독백은 작은따옴표로 묶인다.

  '지금 내가 무슨 말을 한 거지? 도대체 무슨 생각인 거야?'

- **간접적 내적 독백**: 인물이 하는 생각을 요약하거나 고쳐 쓴다. 3인칭 시점 소설에서는 내적 독백이 3인칭 대명사와 과거 시제로 쓰이기 때문에 서술과 구분되지 않는다.

  지금 그녀가 무슨 말을 한 것이었을까? 도대체 무슨 생각인 것이었을까?

내적 독백은 다음과 같은 여러 가지 형식으로 쓸 수 있다.

- 작은따옴표로 묶이는 경우 vs 묶이지 않는 경우
- '그녀는 생각했다', '그녀는 궁금했다' 같은 생각 꼬리표가 붙는 경우 vs 붙지 않는 경우
- 3인칭 vs 1인칭
- 과거 시제 vs 현재 시제

내적 독백을 어떻게 써야 하는지는 소설을 쓰는 시점과 서술적 거리에 따라 달라진다. 이제부터 각각의 시점에서 어떻게 내적 독백을 다루어야 하는지 알아보자.

| 전지적 시점에서의 인물의 생각 |

전지적 시점으로 소설을 쓰고 있다면 인물의 생각을 직접 보여줄 일이 없다. 인물의 생각은 화자를 거쳐 전달되어야 하며 작은따옴표로 묶인 직접적 내적 독백은 어떤 경우에도 나와서는 안 된다.

내적 독백은 보통 화자의 생각으로 여겨지기 쉽기 때문에 인물의 생각인 경우 생각 꼬리표를 이용하여 그 생각이 누구의 것인지 알려줄 필요가 있다.

그는 자신들의 우정에 무슨 일이 일어난 것인지 궁금했다.

| 1인칭 시점에서의 인물의 생각 |

1인칭 시점에서는 내적 독백을 구분해서 쓸 필요가 전혀 없다. 여기에서 내적 독백은 서술에 섞여 들어가야만 한다. 작은따옴표가 없는 간접적 내적 독백을 쓰고 서술과 시제를 동일하게 유지하라. 내적 독백에서도 인물이 쓸 법한 어휘와 말투를 사용하여 인물의 목소리를 유지해야 한다.

우리 우정에 도대체 무슨 일이 일어난 것이었을까?

| 3인칭 깊은 시점에서의 인물의 생각 |

1인칭 시점과 마찬가지로 3인칭 깊은 시점으로 소설을 쓸 때도 내적 독백을 작은따옴표로 묶거나 다른 방식으로 구분하여 표기할 필요가 전혀 없다. 생각 꼬리표를 달아줄 필요도 없다. 이 시점에서 작가는 인물의 내면 깊은 곳에 들어가 있기 때문에 독자는 이미 자신이 읽는 것이 인물의 생각이라는 사실을 알고 있다.

이 시점에서는 내적 독백에서도 3인칭과 과거 시제를 유지해야 한다. 1인칭 현재 시제로 바꾼다면 화자와 생각하는 주체 사이의 거리감을 조성하게 되며 독자에게 그 둘이 같은 사람이 아니라는 인상을 준다. 깊은 시점 소설에서는 바람직하지 않은 일이다.

1인칭 시점과 마찬가지로 내적 독백에서도 인물이 쓸 법한 어휘와 문법을 사용하라.

그들의 우정에 도대체 무슨 일이 일어난 것이었을까?

| 3인칭 제한적 시점에서의 인물의 생각 |

3인칭 제한적 시점으로 소설을 쓰고 있다면 두 가지 선택지가 있다. 직접 화법을 이용하여 내적 독백을 쓸 수 있고(1인칭 현재 시제로 쓰고 작은따옴표로 묶는다), 간접 화법을 이용하여 내적 독백을 쓸 수 있다(3인칭 과거 시제로 쓰고 작은따옴표로 묶지 않는다).

어느 경우든 '그녀는 생각했다', '그는 궁금했다' 같은 생각 꼬리표는 필요하지 않다.

그들의 우정에 도대체 무슨 일이 일어난 것이었을까?

'우리 우정에 도대체 무슨 일이 일어난 걸까?'

나는 직접적 내적 독백을 가끔씩만 사용할 것을 권한다. 급박한 외침이라든가 특히 중요한 생각 같은, 강조하고 싶은 생각만을 작은따옴표로 묶는 것이 좋다. 그 외의 경우에는 직접 화법과 간접 화법을 적절하게 섞어 사용하라.

'제발, 제발 서둘러!' 인내심 있게 버티는 데도 한도가 있었다.

모든 시점에 적용되는 한 가지 중요한 규칙이 있다. 인물의 생각을 표현할 때는 큰따옴표를 사용하지 말라는 것이다. 큰따옴표는 실제 대화를 위해 아껴 두어야 한다. 인물의 생각에도 큰따옴표를 사용한다면 독자를 혼란스럽게 할 뿐이다.

연습 #27

❶ 좋아하는 장르에서 베스트셀러 소설을 한 권 골라 살펴보자. 저자는 내적 독백을 어떻게 다루는가? 직접적 내적 독백을 사용하는가, 간접적 내적 독백을 사용하는가, 혹은 두 가지를 적절하게 섞어 사용하는가? '그녀는 생각했다' 같은 생각 꼬리표를 사용한 곳이 있는가?

❷ 그 작품이 내적 독백을 잘 다룬다고 생각한다면 여기에서 자신의 소설을 위해 무엇을 배울 수 있는가?

❸ 그 작품에서 저자가 내적 독백을 다루는 방식이 마음에 들지 않는다면 이유는 무엇인가? 여기에서 자신의 소설을 위해 무엇을 배울 수 있는가?

연습 #28

❶ 지금 쓰고 있는 소설의 한 장을 인쇄한 다음 내적 독백을 어떻게 다루었는지를 살펴보자. 형광펜으로 직접적 내적 독백을 표시하고 다른 색의 형광펜으로 간접적 내적 독백을 표시해보자. 어떤 종류의 내적 독백을 더 자주 사용하는가? 작은따옴표를 남용하지는 않는가? 직접적 내적 독백의 일부를 빼버리거나 혹은 간접적 내적 독백으로 고쳐 쓸 수 있는가?

❷ 어쩌면 사용했을지도 모를 생각 꼬리표를 찾아보자. 생각 꼬리표가 반드시 필요한가? 생각 꼬리표가 소설의 서술적 거리에 적합한가?

결론

어떤 조언도 실제 적용하지 않으면 소용없다

이 책에서 우리는 여러 가지 시점의 유형에 대해, 그리고 각 시점 유형의 장점과 단점에 대해 많은 것을 배웠다. 각 장을 읽고 장의 말미에 수록된 연습 과제를 성실히 완수했다면 이제 자신의 이야기에 어떤 시점이 가장 잘 어울릴 것인지, 그리고 흔하게 나타나는 시점 위반을 어떻게 피할 수 있을지 잘 알게 되었을 것이다. 또한 자신의 원고를 가지고 연습 과제를 수행하면서 한층 더 나아진 이야기를 완성했으리라 생각한다.

하지만 이는 단지 시작에 불과하다. 새롭게 습득한 기술을 자연스럽게 사용하기 위해서는 꾸준한 연습이 필요하다. 어떤 훌륭한 충고도 자신의 글에 적용하지 못한다면 아무런 소용이 없다. 그러므로 이제 이 책에서 배운 것들을 활용하여 소설의 나머지 부분을 쓰거나 고쳐 써보라. 자신과 자신의 소설에 가장 잘 맞는 시점 유형을 찾아낼 때까지 여러 가지 시점 유형을 시도해보라. 이 책을 계속해서 다시 펼쳐보며 기술을 되새기고 복습하라.

다른 작가들은 시점을 어떻게 활용하는지 궁금할 수 있다. 다른 작가의 책을 읽을 때마다 어떤 시점으로 쓰였는지 의식적으로 눈여겨보라. 서스펜스를 불러일으키고, 소설 속 세계에 대한 정보를 드러내고, 독자가 인물에게 친밀감을 느끼게 하기 위해 저자가 시점을 어떻게 활용하는지 자세히 살펴보라. 어떤 작가들은 자신이 읽는 책에서 글쓰기 기술과 창의적인 표현을 발견할 때마다 따로 적어두기도 한다.

시간을 들여 이 책을 읽어준 여러분에게 감사의 마음을 전한다. 부디 도움이 되었기를 바란다. 그리고 혹시 도움이 되었다면 이 책을 구입한 곳에 서평을 남겨주길 부탁한다. 여러분의 서평은 다른 작가들이 시점 유형들을 이해하고 자신의 소설에서 시점을 활용하는 데 도움이 될 것이다.

도움에 감사하다!

샌드라 거스Sandra Gerth에 대해서

샌드라 거스는 작가이자 편집자로, 자신의 글을 쓰는 한편 시간을 쪼개어 다른 작가들의 글을 고치고 다듬는 일을 하고 있다.

샌드라는 심리학 학위를 딴 후 8년 동안 심리학자로 일했고, 현재는 전업 소설가다. 그는 소설을 쓰는 일이 세상에서 가장 멋진 일이라고 생각한다.

샌드라는 저먼북트레이드아카데미Academy of German Book Trade에서 편집자 자격증을 받았다. 지금은 여성 작가들의 소설을 출간하는 작은 출판사 일바퍼블리싱Ylva Publishing에서 선임 편집자로 일하고 있다.

필명인 '재Jae'로 20편의 장편소설과 20여 편의 단편소설을 발표했다. 재의 소설은 수없이 많은 상을 수상했으며 아마존에서 여러 차례 베스트셀러 1위에 올랐다.

또한 샌드라는 '내 글이 작품이 되는 법' 시리즈의 저자이기도 하다.

샌드라 거스에 대해 더 알고 싶다면 www.sandragerth.com를 방문하라.

옮긴이 | **지여울**

한양대학교 토목환경공학과를 졸업하고 토목 설계 회사에서 일하다가 번역의 길로 들어섰다. 사람과 자연에 한걸음 다가설 수 있는 책을 발굴하고 번역하기를 꿈꾸며 현재 '펍헙 번역 그룹'에서 활동하고 있다. 옮긴 책으로는 『묘사의 힘』, 『첫 문장의 힘』, 『행복 유전자』, 『열다섯이 여든에게 묻다』, 『가장 오래 살아남은 것들을 향한 탐험』, 『커브볼은 왜 휘어지는가』, 『탐정이 된 과학자들』, 『위대한 몽상가』, 『자살에 대한 오해와 편견』, 『실존주의자로 사는 법』, 『진리의 발견』 등이 있다.

내 글이 작품이 되는 법

시점의 힘

독자는 모르는 작가의 비밀 도구

펴낸날 초판 1쇄 2022년 4월 15일
초판 5쇄 2024년 9월 30일
지은이 샌드라 거스
옮긴이 지여울
펴낸이 이주애, 홍영완
편집장 최혜리
편집3팀 유승재, 김애리, 김하영
편집 양혜영, 박효주, 박주희, 장종철, 문주영, 홍은비, 강민우, 김혜원, 이정미
디자인 윤신혜, 박아형, 김주연, 기조숙, 윤소정
마케팅 김미소, 김지윤, 김태윤, 김예인, 김슬기
해외기획 정미현
경영지원 박소현
펴낸곳 (주)윌북 **출판등록** 제 2006-000017호
주소 10881 경기도 파주시 광인사길 217
전화 031-955-3777 **팩스** 031-955-3778 **홈페이지** willbookspub.com
블로그 blog.naver.com/willbooks **포스트** post.naver.com/willbooks
트위터 @onwillbooks **인스타그램** @willbooks_pub
ISBN 979-11-5581-459-8 03800